Hrsg. Sina Blackwood

AF210226

a z u r

-

das Blau
unendlicher Weiten

Bibliografische Informationen der Deutschen Nationalbibliothek:
Die Deutsche Nationalbibliothek verzeichnet diese Publikation in der Deutschen Nationalbibliografie; detaillierte bibliografische Daten sind im Internet über https://dnb.de abrufbar.

Coverbild: Sina Blackwood
Umschlaggestaltung: Sina Blackwood
Layout: Sina Blackwood

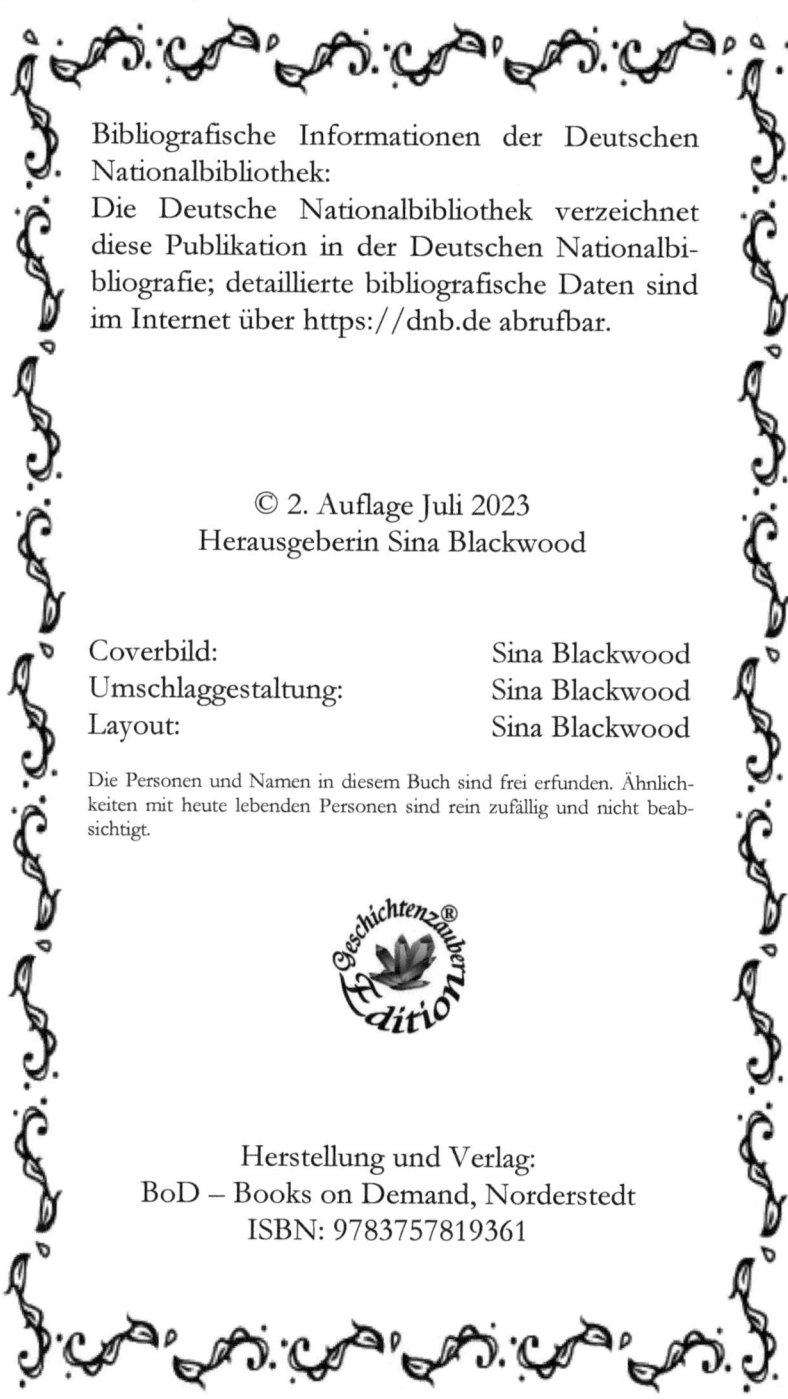

Herstellung und Verlag:
BoD – Books on Demand, Norderstedt
ISBN: 9783757819361

ഇ * ഇ * ഇ * ഇ * ര * ര * ര * ര

azur

-

das Blau unendlicher Weiten

ഇ * ഇ * ഇ * ഇ * ര * ര * ര * ര

Inhaltsverzeichnis

Zauberblau	7
Mikro-Strömungen	9
Blautöne	22
Brief zum Parallel-Universum	24
In einem Meer vor unserer Zeit	27
Blaue Stunde	34
Das Haar in der Suppe	36
Titus Nervianus	53
Jan Marten – Blau ist das Meer	68
Blaues Blut	77
Zu viel Unendlichkeit	79
Crazy blue	97
Türkis	106
Vegane Party	108
Drama in drei Akten	110

Blaues Wunder   112
Glücksmomente   119
Blaue Vielfalt   121
Heißer Sommer   124
Das wahre Blau   126

Silke Weizel

Zauberblau

Wie kann ein See so zauberblaue Tiefen
haben?
Wie kann ein See so wissend in sich ruh'n?
Wie kann er, lächelnd still an deinem Blick
sich laben?
Und du stehst einfach da
und kannst nichts tun.

Doch,
kannst dich leicht in seine Tiefen stürzen –
sein kühles Wasser umgibt mit Nähe dich.
Er glänzt und tanzt und spiegelt deine Augen.
Du stehst gebannt, Gefahr? Nein - Licht!

Ein Licht der Hoffnung kommt vom Mond
herüber. Der Tag vergeht,
die Nacht kommt leis und mild.
Der Wind streift suchend durch die
Ufergräser. Der See liegt ruhig - und laut -
und kalt - in einem zauberblauen Bild.

Du schwimmst zu seiner Insel,
Mond im Dunkel.
Die Sterne schauen dir im Wasser zu.
Ganz zart lässt er dich wieder gehen.
Du liegst am Ufer und der See schaut
lächelnd zu.

Sina Blackwood

Mikro-Strömungen

Silberne Lichtreflexe tanzten übers leicht gekräuselte Wasser, blitzten auf, erloschen wieder und ließen ganze Areale wie mit Diamantsplittern übersät funkeln. Postkartenblauer Himmel, Sonnenschein pur und der salzige Hauch, den er von Kindesbeinen an liebte. Sam seufzte gequält. Er hatte sich auf den Urlaub mit Linda gefreut, auch wenn er den nur am heimatlichen Strand genau vor der Haustür verbringen konnte. In diesem Jahr musste er für das Institut direkt erreichbar bleiben. Das Forschungsprogramm ließ es nicht anders zu. Ein Wunder, dass man ihm die Tage überhaupt genehmigte.

Freudestrahlend hatte er sich eine Stunde eher auf dem Heimweg begeben, um Linda im Garten ihrer Eltern mit der guten Nachricht zu überraschen. Sein plötzliches Erscheinen war zwar für beide eine riesengroße Überraschung geworden, nur keine gute – er hatte Linda mit einem anderen Mann im Bett erwischt. Sam war wie vor eine Wand gelaufen stehengeblieben, hatte das abgrundtiefe Erschrecken der in flagranti Ertappten registriert, sich wie in Zeitlupe umgedreht und das Gartenhaus verlassen.

Nun saß er schon drei Stunden hier, in den Gedanken gähnende Leere, starrte ins Wasser, ohne die kleinen Lichtwunder überhaupt zu bemerken. Erst als die Sonne langsam ihre Bahn beendete, sich das silberne Schimmern goldrot färbte und ganze Heerscharen von Mücken über ihn herfielen, schreckte er auf.

Im Laufschritt eilte er zu seinem reetgedeckten Häuschen, das im Abendlicht mit den hohen Stockrosen hinterm Gartenzaun einladend und trostspendend zugleich wirkte. Sams Denkapparat begann erst wieder wirklich zu arbeiten, als er die Haustür hinter sich schloss.

Er folgte wie ein Traumwandler seiner inneren Stimme, was schon immer das Beste gewesen war, obwohl sich sein Kopf manchmal dagegen auflehnte. Dieses Bauchgefühl hatte auch zaghaft Bedenken gegen Linda angemeldet, als sie sich ihm vor rund einem halben Jahr an den Hals geworfen hatte. Es hatte recht behalten. Wie so oft.

Nun befahl es Sam, sämtliche persönliche Dinge Lindas in einem großen Beutel zu verstauen und direkt neben der Haustür zu deponieren, was er ohne Zögern in die Tat umsetzte. Erst dann kümmerte er sich um sein Abendbrot.

Gegen 22 Uhr klingelte es. Sam spähte durch das kleine Seitenfenster. Linda. Auf der schmalen Straße ein Taxi. Sam öffnete, drückte Linda wortlos den vollen Beutel in die Hand, schloss die Tür und betrachtete sich zeitgleich als Single.

Das Bauchgefühl klatschte Beifall. Erst recht, als er gleich noch Lindas Nummer in seinem Telefon auf die Sperrliste setzte. Dass Linda der Unterkiefer bis auf die Sandalen klappte, sah er nicht. Es hätte ihn auch nicht interessiert, dass es ihr nur mit Müh' und Not gelang, das Taxi anzuhalten, das bereits am Abfahren war.

„Was machen wir morgen Schönes?", fragte Sams innere Stimme stattdessen. *„Immerhin hast du eine ganze Woche Urlaub."*

„Mal schauen", antwortete Sam laut, eine Seekarte aus der Schublade ziehend. In Gedanken fügte er hinzu: *„Ich könnte ja da tauchen, wo es das Institut für zu gefährlich hält. Privat können sie es mir nicht verbieten."*

„War ja klar", lachte das Bauchgefühl, seinen Tatendrang diesmal nicht bremsend. Es mischte sich auch nicht ein, als Sam bereits am ganz frü-

hen Morgen seinen Rucksack mit Proviant bestückte, die komplette Tauchausrüstung an Bord seines kleinen Motorbootes brachte und wirklich blendend gelaunt in See stach.

Das Wetter hatte genau so gute Laune. Sam wäre aber auch losgefahren, wenn es Bindfäden geregnet hätte. Solange sich Wind und Wellen in vertretbaren Grenzen hielten, war ihm Nässe so ziemlich egal.

Nach einer halben Stunde erreichte er das Areal, das ihnen neulich bei der Arbeit durch unberechenbare Mikro-Strömungen aufgefallen war, wie sie die für Sekunden auftretenden Strudel genannt hatten. Sam setzte eine Boje und streifte den Tauchanzug über. Ein letzter Check der Pressluftflaschen und der Sicherheitsleine, ohne die er nie allein sein Boot verließ, dann rollte er sich rücklings ins Wasser. Auf dem ersten halben Meter Tiefe, gegen den Himmel betrachtet, hatte es diesmal sogar fast dessen Farbe, wie Sam überrascht feststellte.

„Heute kann nur ein affengeiler Tag werden", huschte es durch seine Gedanken, als er sich an der Leine am ausgeworfenen Grundgewicht in die Tiefe gleiten ließ.

Mit Blick nach unten und den Seiten, war die Sicht nicht sonderlich berauschend, wie eben in der Ostsee üblich. Sam erreichte den mit Tang bewachsenen Grund, schaltete seine Lampe ein und begann, den Boden abzusuchen. Vielleicht hatte er ja das Quäntchen Glück, auf Teile des vermuteten Schiffswracks zu stoßen. Da erfasste ihn aus fast ruhigem Wasser von hinten ein Sog, der ihn beinahe zwei Meter mitriss.

„Beim Klabautermann!", dachte Sam erschrocken, mit der Taschenlampe rundum ins Wasser leuchtend, das völlig friedlich wirkte.

Er schwamm auf die alte Position zurück, wo es ihn nach wenigen Wimpernschlägen wieder zurückkriss. Sam konnte sich keinen Reim darauf machen. Es gab keine Felsen, Spalten, Risse oder andere Dinge, deretwegen sich hätten Strudel bilden können. Nicht einmal eine nennenswerte Strömung zeigte sein kleines Messgerät an.

„Irre. Völlig irre", stellte Sam fest, sich, weil es das Bauchgefühl so verlangte, am neuen Standort dem Boden widmend. Eine Stelle war weniger dicht bewachsen, womit sie die Aufmerksamkeit des jungen Archäologen erregte. Er stocherte mit dem Klappspaten vorsichtig herum

und stieß auf Widerstand. Ehe er herausfinden konnte, um was es sich dabei handelte, musste er auftauchen. Ein ziemlich großes Tier schwamm im trüben Blaugrün der Tiefe ausgesprochen nah vorüber. Für einen Schweinswal war es zu schlank.

„*Bestimmt ein Seehund*", schoss es Sam durch den Kopf. Die verirrten sich zwar selten hierher, warum also nicht auch heute. Sam erreichte die kleine Leiter und kletterte an Bord. Er stellte die neue Pressluftflasche bereit, füllte mit dem Kompressor die leere Flasche wieder auf und notierte sich akribisch die Begebenheit mit den beiden Mikro-Sogen, die er gefühlt hatte. Das Boot dümpelte träge auf dem ruhigen Wasser, weit, weit in der Ferne ging das Blau des Meeres nahtlos in das Azur des Himmels über, was Sam ein zufriedenes Lächeln ins Gesicht zauberte. Urlaub. Tun und lassen können, wie es ihm beliebte, ohne Boutiquen und Nobelrestaurants aufsuchen zu müssen. „Danke, liebes Schicksal!", murmelte Sam.

Und weil sich heute alles gut anfühlte, war er wenig später wieder auf dem Weg in die Tiefe, um zu ergründen, was dem Spaten Widerstand geboten hatte. Das große Tier schien noch immer da zu sein, denn er glaubte, im Trüben einen Schatten gesehen zu haben.

„Es wird mich schon nicht auffressen", dachte er belustigt und begann zu graben.

Nach wenigen Sekunden ließ er den Spaten achtlos fallen und griff mit klopfendem Herzen zur Taschenlampe, um im aufgewirbelten Boden überhaupt etwas zu erkennen. Das Fundstück war ein Eisenkessel von fast 30 Zentimetern Durchmesser, auf dessen Boden eine Handvoll Münzen lag. Dass ihn gerade wieder etwas streifte, was er an Land als Lufthauch bezeichnet hätte, registrierte er nur ganz tief im Unterbewusstsein. Blindlings tastete Sam nach dem Spaten, den er schließlich fast in Kniehöhe überm Boden in die Finger bekam.

In Kniehöhe?

Sam wandte sich äußerst vorsichtig um, blickte in ein vergnügt grinsendes Gesicht und wurde im selben Moment von einem Sog umgerissen, den eine riesige, fast anderthalb Meter breite, Schwanzflosse erzeugte. Sich mehrmals überschlagend, sank er neben seinem entdeckten Schatz zwischen die Tangstängel, wo er mit weit

aufgerissenen Augen auf dem Rücken liegen-
blieb. Dann gingen ihm buchstäblich alle Lichter
aus.

Als es wieder hell wurde, lag er völlig ver-
krümmt in seinem Boot, die Sauerstoffflasche
auf dem Rücken, Maske, Mundstück, Spaten
und die eingeschaltete Lampe neben sich. Und
noch etwas entdeckte er – den umgekippten
kleinen Kessel, inmitten eines ganzen Teppichs
aus Münzen, der auf den Planken verteilt lag. Im
Wasser, direkt neben dem Boot plätscherte es
merkwürdig. Ganz anders als Wellenschlag.

„Ein Leck?!", war Sams erster Gedanke.

Er befreite sich ächzend von der schweren
Pressluftflasche, lugte über die Bordwand und
wäre beinahe wieder ohnmächtig geworden.
Was da im Wasser trieb, gab es eigentlich nicht:
Ein schlanker Frauenkörper, der in einem silb-
rig-blauen Fischschwanz endet. Riesige dunkel-
blaue Augen, die neugierig unter einer goldge-
lockten Mähne aus hüftlangem Haar hervor-
schauten.

„Eine Nixe?! Oh, mein Gott! Ich habe Halluzi-
nationen! Nein, ich will nicht in die Klapsmüh-

le!", stöhnte Sam, sich entsetzt an den Kopf fassend.

„Dann solltest du unser kleines Geheimnis ganz einfach gut bewahren", tönte es aus dem Wasser.

„Du bist echt?", stammelte Sam, endgültig an seiner geistigen Verfassung zweifelnd.

„Sieht so aus", lachte die Fremde. „Wenn du mir ins Boot hilfst, können wir uns sogar vernünftig miteinander bekannt machen."

Sam dirigierte die Fremde auf die andere Seite, wo die kleine Leiter hing. Er stieg die paar Sprossen hinab, die Schöne aus dem Meer legte ihm ihre Arme um den Nacken und er trug sie an Deck.

Sie deutete auf die verstreuten Münzen. „Eine kleine Wiedergutmachung, weil ich dich der Schreck fast getötet hätte, als ich mich zeigte. Du bist einer der ganz wenigen Menschen, die Besseres verdient haben, als ausgelöscht zu werden."

Als er völlig verdattert die Augen aufriss, lachte sie: „Ich beobachte dich schon seit Monaten und lese deine Gedanken. Und die haben mich neugierig gemacht. Zudem brauche ich deine

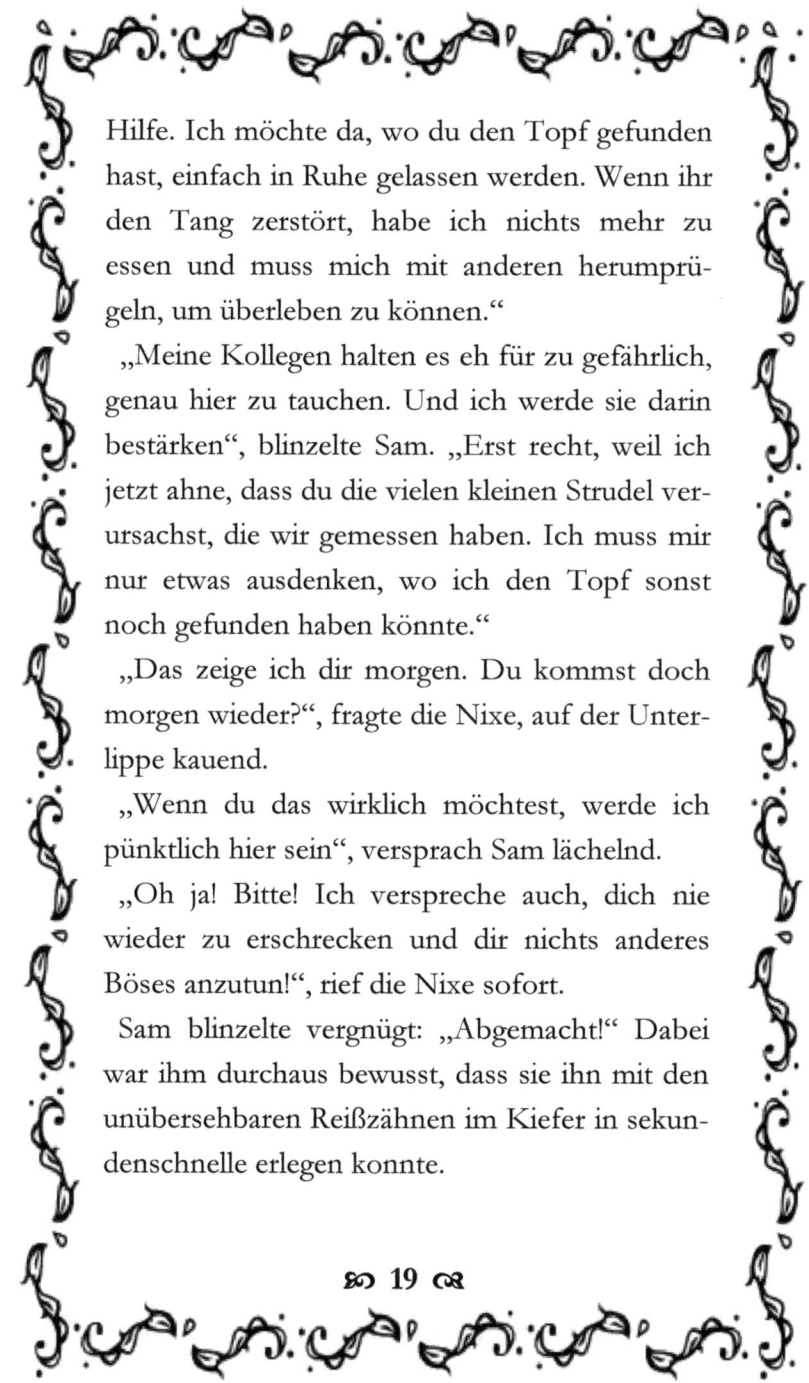

Hilfe. Ich möchte da, wo du den Topf gefunden hast, einfach in Ruhe gelassen werden. Wenn ihr den Tang zerstört, habe ich nichts mehr zu essen und muss mich mit anderen herumprügeln, um überleben zu können."

„Meine Kollegen halten es eh für zu gefährlich, genau hier zu tauchen. Und ich werde sie darin bestärken", blinzelte Sam. „Erst recht, weil ich jetzt ahne, dass du die vielen kleinen Strudel verursachst, die wir gemessen haben. Ich muss mir nur etwas ausdenken, wo ich den Topf sonst noch gefunden haben könnte."

„Das zeige ich dir morgen. Du kommst doch morgen wieder?", fragte die Nixe, auf der Unterlippe kauend.

„Wenn du das wirklich möchtest, werde ich pünktlich hier sein", versprach Sam lächelnd.

„Oh ja! Bitte! Ich verspreche auch, dich nie wieder zu erschrecken und dir nichts anderes Böses anzutun!", rief die Nixe sofort.

Sam blinzelte vergnügt: „Abgemacht!" Dabei war ihm durchaus bewusst, dass sie ihn mit den unübersehbaren Reißzähnen im Kiefer in sekundenschnelle erlegen konnte.

Als er zurückfuhr, begleitete ihn Wari, die Nixe, noch ein Stück und schaute anschließend hinterher, bis er im Haus verschwand.

Sam listete den Umfang seines Fundes mitsamt dem Geschenk als Ganzes auf. Melden wollte er es am nächsten Tag, wenn er die Stelle kannte, wo er ihn offiziell gefunden haben sollte.

Natürlich erklärte er das auch Wari, die ihn schon am vereinbarten Ort erwartete.

„Du gibst alles fort?", fragte sie hintergründig.

Sam nickte. „Ja. Es steht mir nicht zu, es zu behalten, nicht einmal das, was du als Geschenk hinzugefügt hast. Vielleicht bekomme ich ja Finderlohn, weil ich es in der Freizeit gefunden habe."

„Ich habe mich in dir nicht geirrt!", strahlte Wari. „Komm! Es gibt noch viel zu entdecken!" Sie leitete ihn sicher in die Tiefe.

Von nun an trafen sie sich täglich und als Sams Urlaub endete, war er in Fachkreisen bereits eine Berühmtheit, wegen *seiner* unglaublichen Funde. Und die lagen allesamt weit außerhalb der Region, die Wari bewohnte. Er erhielt auch wirklich einen nicht unbedeutenden Finderlohn, sodass die Kollegen fragten: „Was wirst du Linda als

Wiedergutmachung schenken, weil du ständig im Wasser gesteckt hast?"

Sam grinste breit: „Ein Einwegticket auf den Mond. Ihr könnt ja nicht wissen, dass ich am Tag vor dem Urlaub einen Schlussstrich gezogen habe."

„Was? Wie? Im Ernst? Und nun?", staunten alle, die Linda von Anfang an als glatte Fehlbesetzung bezeichnet hatten.

Sam zuckte fröhlich mit den Schultern. „Ich habe eine Tauchpartnerin gefunden, die das unendliche Blau und die tiefsten Tiefen genau so liebt wie ich. Wenn jemandem etwas von diesem Geld zusteht, dann ihr."

„Heh, heh, heh! Steckt noch mehr dahinter? Wann stellst du sie uns vor?"

„Das, meine Lieben liegt ganz in ihrem Ermessen." Sam stieg schmunzelnd in sein Auto. Die innere Stimme grinste vergnügt. Er freute sich auf den Abend mit Wari, die sicher schon zum Treffpunkt unterwegs war, denn heute sollte sie sein Häuschen und ein Stückchen Welt außerhalb des tiefblauen Meeres kennenlernen.

Lenard James Cropley

Blautöne

Draußen weht ein kühler Wind
Schnell gleite ich ins Tropenwarme
Schwimme leise
Langsam voran

Ihr spritzt, tobt, lacht
Und ich höre euch gern zu

Klarblaues Wasser
Dunkelgraue Wolken
Tausend kleine Tropfsteinsäulen
Geformt für den Moment

Ihr spritzt, tobt, lacht
Und ich sehe euch gern zu

Vergessend, was war und ist
Fühle ich das warme Nass
Dass mich zum ersten Mal
Wirklich weiter trägt

Arno Zirm

Brief zum Parallel-Universum

Hallo, Redaktions-Team!

Nun muss ich Euch doch einmal zu einem Thema schreiben, das mich schon lange bewegt: Warum nämlich meldet sich nicht endlich mal jemand aus unserem Parallel-Universum, wenn auch nur mit einem kleinen Gruß. Denn unser FanZine gibt es da ja logischerweise auch. Nun, einer muss ja den Anfang machen. Deshalb nachstehend ein paar Zeilen an das PUZ (Paralleluniversums-Zine). Bitte seid so freundlich und übermittelt sie dorthin.

Vielen Dank,

Euer Willi Matte.

Hallo, Parallel-Fans,
hier nun ein paar Zeilen von Euren „Nachbarn".
Ich hoffe, es geht Euch gut und Eure Szene ist auch
so interessant wie unsere. Und hoffentlich ist Euer
Leben ein wenig angenehmer als unseres hier. Es
wird ja wohl nicht alles genau so wie bei uns sein.
Ganz bestimmt habt Ihr ein paar Tipps, wie man
was verbessern kann. Und natürlich sind wir auch
immer interessiert an Infos zu Eurer Szene und
Euren Büchern. Ich finde überhaupt, wir sollten
öfter mal Kontakt haben.
Alsdann viele Grüße von uns allen hier,
Euer Willi.

Antwort der Redaktion:

Sicher wird es Dich freuen, lieber Willi, zu hören, dass gerade eben auch von unserem PUZ eine Mitteilung eingetroffen ist. Wie man schon auf den ersten Blick sieht, ist dort wirklich alles ein wenig anders. Ganz sicher können wir auf viele nützliche Tipps hoffen. Freuen wir uns also auf einen regen Gedankenaustausch und viele interessante Neuigkeiten. Hier nun aber die Mitteilung „von nebenan":

Hallo, Parallel-Fans,

hier nun ein paar Zeilen von Euren „Nachbarn". Ich hoffe, es geht Euch gut und Eure Szene ist auch so interessant wie unsere. Und hoffentlich ist Euer Leben ein wenig angenehmer als unseres hier. Es wird ja wohl nicht alles genau so wie bei uns sein. Ganz bestimmt habt Ihr ein paar Tipps, wie man was verbessern kann. Und natürlich sind wir auch immer interessiert an Infos zu Eurer Szene und Euren Büchern. Ich finde überhaupt, wir sollten öfter mal Kontakt haben.

Alsdann viele Grüße von uns allen hier,

Euer Willi.

Sina Blackwood

In einem Meer vor unserer Zeit

Als sich die beiden Wasserstoffatome an das Sauerstoffatom krallten, um es niemals wieder loszulassen, bevölkerten bereits unglaubliche Wesen die Meere. Im neu entstandenen Wassermolekül meinten sie, in der schier unendlichen Menge Gleichgearteter ein geruhsames Leben führen zu können. Oh je! Die Wasserstoffatome hatten ja keine Ahnung, wie schwer es werden konnte, wirklich nicht mehr loszulassen!

„Vorsicht! Da kommt eine ...", schrie der Sauerstoff. Der Rest ging in Geblubber unter.

Das Molekül war durch die Strömung gegen die Tentakel einer kleinen Qualle gedrückt worden, die soeben ihren Schirm zusammenzog und wirbelte zwei Mal um diese herum. „Mir wird übel", klagte ein Wasserstoffatom.

„Bist wohl nicht in Übung!", lästerte der Sauerstoff, sich richtig in die Kurve legend. Er fand die Unwucht durch die beiden winzigen neuen Anhängsel ganz witzig, drehte noch eine Pirouette und ließ sich dann ganz gemächlich weitertreiben. Das war lustiger, als durch die Luft schweben, wie er es bisher getan hatte. Es gab mehr zu sehen und zu staunen, denn zu dieser Zeit existierten weder Insekten, Flugsaurier noch Vögel am Himmel. Früher hatte der Wind die Richtung seiner Reise bestimmt, nun die Strömung des Wassers. Und da wimmelte es vor Leben. Zugegebenermaßen darunter ziemlich viele hirnlose, aber damit erstaunlich erfolgreiche Kreaturen, wie der Sauerstoff soeben verkündete. Er machte, zum großen Erschrecken der beiden Wasserstoffatome auch kein Geheimnis daraus, nicht zum ersten Mal diese Art Verbindung eingegangen zu sein und brillierte sofort mit seinem Wissen. „Die Qualle, gerade eben, die aussah wie ein Fingerhütchen mit Haaren ...“

„Was für ein Ding?“, fragten die Wasserstoffatome, die wohl ganz neu in dieser Welt waren. „Das, was uns herumgewirbelt hat“, seufzte der Sauerstoff, ahnend, dass sie wohl noch weniger Erfahrung als jegliche Hirnlose haben mussten. „Die schafft es, wenn sie ein gewisses Entwicklungsstadium erreicht hat, den Prozess der Alterung umzukehren und wieder Jungtier zu werden, wo das ganze Prozedere von vorn beginnt.“

Er hatte die Urmutter der Turritopsis dohrnii, auch Unsterbliche Qualle genannt, exakt beschrieben. Natürlich verriet er ihnen, dass nicht nur Moleküle, sondern auch die Lebewesen im Normalfall irgendwann zu existieren aufhörten. Und dass es für ein Wassermolekül nicht immer leicht war, ein ungebundenes Dasein zu führen, weil man recht schnell einem Körper einverleibt werden konnte. Pech, wenn man dann Bestandteil des Glibbers einer Qualle wurde.

„Dann schon lieber Seestern. Seestern geht", rief der Sauerstoff im Brustton der Überzeugung. Die Wasserstoffatome staunten, als er auf etwas am Boden wies, das leuchtenrot und wunderschön geformt war. „Der hat zwar auch kein Gehirn, kann aber fehlende Arme nachwachsen lassen."

„Fe ... fehlende ... A ... Arme?!", stotterte ein Wasserstoffatom irritiert. „Lässt der die einfach irgendwo liegen?"

„So dusselig ist nicht mal ein Hirnloser! Fressen und gefressen werden, so sieht es aus!", brummte der Sauerstoff. „Wenn wir mitgefressen werden, landen wir garantiert auch in der Sch ... von irgendjemandem, genau wie der verdaute Arm des Seesterns." Auf vielfachen Wunsch zweier einzelner Atome erklärte er in den nächsten Minuten detailliert, wie Fische, Krabben, Asseln und diverse andere Räuber, mit ordentlich Hirn im Schädel, Jagd auf die hübschen Seesterne machten. Sie entweder am Stück oder in kleinen Häppchen und gut zermatscht fraßen und ihnen ein oder zwei Arme als Snack zwischendurch abbissen.

„Und da will er Seestern werden?", grinste das eine dem anderen Wasserstoffatom zu. „Jetzt hab ich kapiert, was Hirnlose sind."

Der Sauerstoff hatte sich so in Ekstase geredet, dass er weder das mitbekam, noch, wie sich ein gigantischer Schatten näherte. „Gleich geht das Licht aus", flüsterte der Wasserstoff und wäre sicher leichenblass geworden, wenn er gekonnt hätte.

Die Strömung schien plötzlich den Turbo angeworfen zu haben, es rauschte und gurgelte, das Molekül wurde in lichtlose Schwärze gesogen, zusammengepresst und mit Schwung ins Helle zurück katapultiert. Mehrere Druckwellen trafen es, dann trieb es wieder ruhig mit der Strömung dahin. Der Sauerstoff redete noch immer, von allem unbeeindruckt. „Das war einer von den besonders großen Haien", merkte er ganz nebenbei an. „Es ist jedes Mal ein Erlebnis, die Kiemen zu passieren und ungeschoren davonzukommen."

„Anderenfalls?", fragte ein Wasserstoffatom vorsichtig.

„Saugt es mich, als Sauerstoff, in die Blutbahn und da kreise ich in der Regel eine kleine Ewigkeit durch die unmöglichsten Blutgefäße, bis hin zum Gehirn."

„Erschreckender Gedanke!", stöhnte der Wasserstoff. „Erzähle mir lieber etwas über das hübsch anzuschauende violette Gebilde da im Sand."

„Das ist eine Seefeder. Ebenfalls ein hirnloser Organismus, der aus vielen winzigen Polypen besteht", berichtete der Sauerstoff. „Der kann sogar aus eigener Kraft leuchten, um Futter anzulocken."

„Wovon ernährt er sich?"

„Von Plankton. Vielleicht haben wir das Glück, mit der Nahrung hinein gestrudelt zu werden", überlegte der Sauerstoff laut. „Die filtert die Seefeder aus und lässt das Wasser passieren. Schon toll, wie es das einfache Nervensystem schafft, so viele Einzelpolypen zu koordinieren, als wäre sie ein denkendes Wesen."

„Kann das Hineinstrudeln nicht auch schiefgehen?", fragte der Wasserstoff.

„Kann es", gab der Sauerstoff zurück. „Ein Teil von ihr zu werden, ist aber erheblich angenehmer, als im stockdunklen Gewirr eines Haikörpers zu kreisen."

Die Wasserstoffatome schmunzelten. „Hast ein Faible für die Hirnlosen."

„Ja, das gebe ich gerne zu", lachte der Sauerstoff. „Ich liebe sie!"

Da ahnte er noch nicht, dass er ein paar Millionen Jahre später die Menschen kennenlernen und deren Hirnlosigkeit verfluchen werde.

Silke Weizel

Blaue Stunde

Du liegst neben mir.

Ich höre Dein Herz schlagen.

Mein Kopf liegt auf Deinem Hemd und Deine Hand liegt in meinem Nacken.

Doch es ist besser, wenn ich jetzt aufstehe.

Wie freudig aufgeregt Du plötzlich bist.

All Deine Unsicherheiten sind verflogen.

Hey, Freunde - das wissen wir beide.

Und es ist richtig, wie es ist.

Ich fasse Dich nicht an und Du mich nicht.

Es lag wohl nicht an der blauen Stunde, oder war es das Frühstück im Bett?

Es muss die heiße Schokolade gewesen sein.

Oder die Croissants, die wir beide so sehr lieben.

Zieh Dich an, du machst mich nervös in deinen Shorts.

Wir gehen zum Strand.

Da sieht der Sonnenaufgang noch viel schöner aus. Der Sand unter unseren Füßen fühlt sich kühl an. Und Dein Lachen ist das wärmste und wunderbarste auf der ganzen Welt.

Hab ich Dir irgendwann gesagt, dass Du der allerbeste Freund bist?

Iris Fritzsche

Das Haar in der Suppe

Also, ich muss da mal was aufklären. Ist eigentlich schon lange verjährt, aber vielleicht erinnert sich doch noch jemand. Die Sache passierte Ende der 1960er Jahre in der Hohen Tatra, oberhalb von Zakopane.

Am besten erzähle ich die ganze Geschichte von Anfang an: Zu jener Zeit lagen die meisten Reiseziele von Reisebüros und Jugendtourist in östlicher Richtung. Wir, meine Mutter und ich, machten jedes Jahr in den Sommerferien eine solche Reise. Dieses Mal sollte es ein Wanderurlaub in der Hohen Tatra sein.

Gemeinsam mit den anderen fanden wir uns am Bahnhof ein. Mit dem Zug ging es bis Zakopane. Dort trafen wir uns mit unserem Wanderführer. Er stellte sich vor, sagte, dass er Josef heißt und sich zuerst einmal um unser Gepäck kümmert. Ich weiß heute gar nicht mehr, wie es vom Bahnhof zur Unterkunft gebracht wurde. Ich weiß nur noch, dass wir fast eine dreiviertel Stunde bergauf zur Jugendherberge laufen mussten. Es war ein zweistöckiges Umgebindehaus in den Bergen. Logisch dass wir völlig k.o. ankamen. Von der anschließenden Einweisung bekamen wir nur noch die Zimmernummern und die Essenszeiten mit.

Am nächsten Morgen beim Frühstück gab Josef den Tagesplan bekannt. Natürlich eine Bergwanderung, was sonst. Aber wir hatten stets mehrere Touren zur Auswahl, die dann von Mitarbeitern der Jugendherberge begleitet wurden. Gleichzeitig teilte er Wanderpässe aus. In diesen wurde täglich die gewanderte Strecke mit Kilometerangabe notiert. Je bewältigter Strecke, sollte es am Ende eine entsprechende Medaille geben. Abends saßen wir nach dem Abendbrot noch zusammen und jeder berichtete von seinen Tageserlebnissen.

So erfuhren wir, dass einige unbeabsichtigt auf dem Berg die Grenze ins tschechische Gebiet überschritten hatten. Erst ein aus einem Schneehaufen herausragender Grenzpfosten wies sie darauf hin. Josef bot ihnen daraufhin scherzhaft eine Ausbildung zum Schmuggler an.

Eine andere Gruppe war nach Zakopane hinunter gestiegen und hatte sich auf dem Wochenmarkt umgesehen.

Doch das kurioseste Erlebnis hatte unsere Gruppe. Wir hatten von weitem eine Gletscherzunge erspäht. Mitten im Sommer! Die wollten wir aus der Nähe betrachten. Wir hatten Decken eingepackt, um uns ein wenig von der intensiven Reflektion bräunen zu lassen. Auf dem Rückweg vom Gletscher entdeckten wir einen glasklaren blauen See. Ein kurzer Test machte uns klar, dass das Wasser sehr kalt sein musste.

Trotzdem wollten zwei der Jungen ihren Mut beweisen. Schneller als gedacht, hatten sie sich bis auf die Unterhose ausgezogen und sprangen hinein.

Josef brüllte erschrocken auf.

Was wollte er nur? Kein Fischlein, keine Algen und auch sonst nichts, nur glasklares eisekaltes Wasser. Auf Grund der Temperatur und wegen Josefs Geschrei waren die beiden mindestens so schnell raus, wie sie zuvor hinein waren.

Während sie sich ankleideten, erzählte Josef, was es mit diesem See auf sich hat: „Der See gehört zu einer Gruppe von Bergseen, die Morskie Oko – Meeresaugen genannt werden. Sie dürfen nicht betreten werden, weil sie zur Wasserversorgung von Zakopane und den umliegenden Gebieten genutzt werden. Und ihr habt sie jetzt verschmutzt.

Stellt euch vor, ihr habt vielleicht ein paar Haare verloren. Und die landen jetzt im Trinkwasser, jemand kocht damit Suppe und dann ist ein Haar in dieser Suppe!"

Also sollte damals jemand jenes Haar in seiner Suppe gefunden haben – Sorry!

Matthias Albrecht

Das Märchen vom einzig wahren Kobaltblau

Es waren einmal drei Kunsthandwerker: Matthias, Philipp und Christian, welche sich auf Emaillegegenstände spezialisiert hatten. Schalen, Dosen, Teller, Schüsseln und vor allem Schmuckschalen wurden von ihnen in Handarbeit aus Kupferblech gefertigt.

Da gab es ovale Schalen, runde, eckige, schmale, breite, geschwungene – kurz, alle möglichen Formen. Manche trugen sogar einen Dorn in ihrer Mitte, sodass man sie als Kerzenhalter verwenden konnte. Fast alle verfügten über einen runden Fuß aus flachgewalztem Kupferdraht, mittels Silberlot am Boden der Schale befestigt und nach dem Brand auf Hochglanz poliert. Solches stellten sich Kunstliebhaber gern in die Schrankwand, auf den Stubentisch, den Kaminsims oder die Wandkonsole.

Unsere drei Künstler hatten es über die Jahre zu einer wahren Meisterschaft in der freien Emaillemalerei gebracht. Sie experimentierten mit Farbverläufen und Farbspielen, die, mal gewollt, mal dem Zufall überlassend, gebrannt wurden. Nicht immer gelang der Brand zur Zufriedenheit unserer Künstler, konnte man das Ergebnis doch erst sehen, nachdem die Schale

aus dem Schamotte-Ofen geholt und etwas abgekühlt war. Und doch gingen die Erzeugnisse weg, wie die sprichwörtlichen warmen Semmeln, und nur äußerst selten musste ein Brand verlorengegeben werden.

Die drei hätten bis an ihr Lebensende genügend zu tun gehabt, die große Nachfrage auch nur annähernd zu befriedigen, wenn es nicht plötzlich zu einer Trendwende gekommen wäre.

Im Nachhinein wusste niemand genau zu sagen, warum plötzlich neun von zehn Kunden nur noch blaue Schalen haben wollten. Es war dies wohl eine Modeerscheinung, die sich immerhin seit einigen Monaten hielt.

Nun hätte unseren drei Künstlern ja völlig egal sein können, in welcher Farbe ihre Objekte erstrahlten, solange sie sich vor Aufträgen nicht retten konnten. Sicherlich blieb die Kreativität dabei auf der Strecke, doch würden auch wieder bessere Zeiten kommen; die Leute mussten das ewige Blau ja schließlich mal satt bekommen.

Doch – weit gefehlt! Im Gegenteil, es gab da ein Problem, das sich zu einer ernsten Bedrohung entwickelte: Die Kunden wollten nunmehr ein ganz bestimmtes Blau, von dem sie selbst nicht zu sagen vermochten, wie es zu bezeichnen war.

Die verschiedenen blauen Farbtöne waren jedenfalls nie die richtigen. Es musste ein ganz besonderes Blau sein. Ein Kobaltblau, welches das Licht einfing und wie ein Saphir erstrahlte. Und gerade das bekamen unsere Künstler nicht hin. Da war es wenig tröstlich, dass es auch die Konkurrenz nicht schaffte.

So ging der Absatz rapide zurück. Die Händler, die unseren drei Freunden ihre Erzeugnisse abnahmen, wollten fortan nicht mehr in Vorkasse gehen und nur noch bezahlen, wenn sie die Artikel auch verkauften.

Verzweiflung machte sich breit in der kleinen Manufaktur. Schon wandten sich Matthias und Philipp anderen Beschäftigungen zu und nervten Christian, welcher weiterhin verbissen an der richtigen Rezeptur für das einzig wahre Kobaltblau forschte, mit ihrer Schnapsidee, eine Musikergruppe gründen zu wollen.

Eine völlig verrückte, nie da gewesene Band sollte es werden, die sich ausschließlich mit Instrumentalstücken und Slapstick einen Namen machen wollte. Kein Wunder, denn mit wohlklingendem Gesang konnten sie nicht aufwarten. Und da die letzten Ersparnisse zum Abwenden der Insolvenz in die Manufaktur geflossen waren, kamen auch keine handelsüblichen Instrumente infrage. Nicht mal die preiswertesten.

Statt dessen versuchten sie, aus Kunststoff gefertigten Abflussrohren, die sie auf dem Baumarkt erstanden hatten, Töne zu entlocken. Sie entlockten ihnen auch welche, doch hielt sich der Kunstgenuss in Grenzen. Allenfalls hätten sie ihren Beitrag zur Titelmusik eines Gruselfilms leisten können. Da half es auch nichts, dass Philipp den Rohren nunmehr mit Trommelstöcken zu Leibe rückte, während Mattias am anderen Ende hinein tutete.

Geprobt wurde in der Laube von Philipps Garten. Und da es sich bei den Röhrenlauten nicht um die biblischen Posaunen von Jericho handelte, mit welchen bekanntlich Mauern zum Einsturz gebracht werden konnten, wurden unsere zwei hoffnungsvollen Künstler auch nicht wegen Ruhestörung verklagt.

Das änderte sich erst, als Matthias auf die Idee kam, einen gebrauchten Verstärker zu verwenden, den er einem Freund für 'n Appel und 'n Ei abgeluchst hatte. Nach etlichen Beschwerden der Gartennachbarn und einer gesalzenen Bußgeldandrohung des zuständigen Ordnungsamts mussten die beiden nach einem anderen Proberaum Ausschau halten. Fortan übten sie in von Siedlungen abgelegenen Gefilden.

In der Manufaktur ließen sich unsere Möchtegernmusiker nur noch selten blicken. Und wenn, dann lediglich, um Christian ihre neuesten Kompositionen zu Gehör zu bringen. Immerhin hatten sie es inzwischen zu einer gewissen Meisterschaft gebracht, die nicht mehr an ein Wolfsgeheul bei Vollmond erinnerte. Sie konnten sogar Erfolge vorweisen. So spielten sie zweimal im Monat in Gartenlokalen und erzielten bescheidene Einnahmen.

Christian hatte so viel Taktgefühl, dass er sich die Frage verkniff, ob sie ihrer Leistung wegen ein paar Geldstücke zugesteckt bekamen oder damit sie die Gäste für den Rest des Abends mit ihren Klängen verschonten.

Eines Tages, als Matthias und Philipp der Manufaktur wieder einen Besuch abstatteten, eröffnete ihnen Christian völlig unerwartet und freudestrahlend, dass er nun kurz vor dem

Durchbruch stünde. Er zeigte ihnen eine Schale, die im schönsten Kobaltblau leuchtete. Erst gestern sei er auf die perfekte Rezeptur gestoßen. Nur hier und da noch geringfügige Korrekturen, dann könne er das Pulver in Mengen herstellen und damit die Produktion der allseits begehrten Emailleschalen in großem Stil starten.

Seine beiden Freunde waren nicht besonders erbaut angesichts der Wiederbelebung des Geschäfts, befürchteten sie doch zu Recht, dass damit ihr neues Hobby auf der Strecke bleiben könnte. Andererseits benötigten sie Startkapital, um mit ihrem Programm auf Tournee gehen zu können. So erklärten sie sich schließlich einverstanden, Christian helfen zu wollen, bis er neue Mitarbeiter gefunden hätte.

Christian freute es, dies zu hören, und gemeinsam machten sie sich noch am selben Abend an die Herstellung des Emaillegemischs. Sie mixten Kobaltoxide mit Aluminiumoxid und weiteren Zusätzen in ganz bestimmten Mischungsverhältnissen, nahmen Kaliumchlorid als Flussmittel und setzten das Ganze in einem speziellen dickwandigen Edelstahlbehälter, welcher einem überdimensionalen Schnellkochtopf glich und der wohl an die zehn Kilogramm fasste, unter Druck. Das Emaillepulver musste nun vier Stunden lang bei exakt siebeneinhalb Bar im Behälter verbleiben, bevor man den Druck schrittweise mindern konnte und schließlich die gebrauchsfertige Emaille gewann.

Doch der Teufel steckt bekanntlich im Detail. In unserem Fall im Druckbehälter, der gar nicht daran dachte, sich auf siebeneinhalb Bar einzulassen und schon bei der Hälfte seinen Geist aufgab. Der Deckel flog wie von einer Kanone abgefeuert gegen die Decke des Raumes und der Inhalt des Behälters folgte ihm mit annähernd gleicher Geschwindigkeit. Im Freien hätte sich die Emaille in Form einer blauen Atompilzwolke kilometerhoch ausgebreitet. Doch machten Decke und Wände der Manufaktur diesem Bestreben einen Strich durch die Rechnung und die Fenster innerhalb von Millisekunden zu einem Feinstaub aus Plastik, Holz und Glas. Mit diesem Staub verließen auch unsere drei Freunde zusammen mit unzähligen Einrichtungsgegenständen und Laborutensilien das Labor und nahmen dabei ihren Weg durch die in der Außenmauer entstandenen Öffnung.

Dass sie selbst davon nichts mitbekamen, liegt in der Natur der Sache und wäre wohl auch nicht erstrebenswert gewesen.

Wunder gibt es bekanntlich immer mal wieder, und an diesem Abend gab es gleich eine Vielzahl von ihnen. So kam bei dem Unfall niemand ums Leben. Unsere drei Laboranten erlitten Schürf- und Schnittwunden, Hämatome, Gehirnerschütterungen, mehrere Prellungen der Gliedmaßen und Knalltraumata, doch waren sie ansonsten mehr oder weniger heil geblieben. Da sich zum Zeitpunkt der Explosion niemand im Umfeld der Manufaktur befand, waren auch keine Kollateralschäden zu beklagen.

Durch den Explosionslärm wurden die Nachbarn auf den Vorfall aufmerksam und benachrichtigten Feuerwehr und Rettungsdienst, sodass unsere drei Verunglückten gerade noch rechtzeitig vorm Ertrinken aus dem Dorfteich gezogen und reanimiert werden konnten. Den Rest der Geschichte kennen die Unfallchirurgen der nächstgelegenen Klinik. Zumindest, was den medizinischen Teil betrifft.

Nun kann man ja glauben, dass die Sache im Großen und Ganzen recht glimpflich für unsere drei Freunde ausgegangen sei und alles noch viel schlimmer hätte kommen können. Aber – schlimmer geht immer, und ihr eigentliches blaues Wunder erlebten die drei noch in der Klinik zwischen den zahlreichen Operationen, denen sie sich unterziehen mussten.

Sie hatten bereits nach Wiedererlangung des Bewusstseins an den fassungslosen, ja geradezu verängstigten Blicken und Gesten der Rettungssanitäter, Notärzte und des Klinikpersonals gespürt, dass etwas faul war im Staate Dänemarks. Oberfaul sogar, denn die Versicherung, sie hätten es überstanden und schwebten nicht in Lebensgefahr, stand in krassem Widerspruch zu diesem Benehmen. Und tatsächlich – als sie ihrer Spiegelbilder ansichtig wurden, fielen sie erneut in Ohnmacht.

Durch die Explosionshitze waren sie ihrer Haare beraubt worden, und die Emaille hatte ihre Haut dort, wo kein Kleidungsstück sie bedeckte, kobaltblau gefärbt. Sie sah aus wie mit Lack überzogen. So waren sie zu allem Überfluss nun selbst zu Kunstobjekten geworden. Und das in alle Ewigkeit, denn die Emaillefarbe ließ sich nicht entfernen, weder mittels grobkör-

nigem Schmirgelpapier, Teppichmesser, Spargel-
schäler, Farbverdünner, Nagellackentferner oder
sonstigen Chemikalien.

Man sollte denken, dass für unsere drei
Freunde – auf ewig durch das Kobaltblau
gezeichnet – eine Welt zusammenbrach und sie
sich von dem Schock nie wieder würden erholen
können, doch weit gefehlt! Nach verständlicher,
anfänglicher Niedergeschlagenheit und wochen-
langer Genesung machten sie aus der Not eine
Tugend.

Sie wanderten in die USA aus, wo sie niemand
kannte, nannten sich ab nun bei den Kurzfor-
men ihrer Vornamen: Matt, Phil und Chris und
gründeten die Blue Man Group, mit der sie bald
weltweit in unzähligen Shows Erfolge feierten.
Sie wurden so populär und waren derart gefragt,
dass sie bald eine Vielzahl an Doppelgängern
beschäftigen mussten, um die Auftritte bewerkstelligen und alle Termine einhalten zu können.
Das fiel niemandem auf, da, infolge der blauen
Farbe und fehlenden Frisuren, alle Künstler
gleich aussahen. Gesprochen wurde ohnehin
nicht. Nur Gesten, Pantomime, Blicke, Kopfbe-
wegungen und verschiedene Aktionen auf der

Bühne bestimmten ihr Repertoire. Die Einzigen, die sich auskannten und um das Geheimnis wussten, waren neben unseren drei Freunden die Künstler und Mitarbeiter in deren unmittelbarem Umfeld.

Während sich die Doppelgänger zeitaufwändig in der Maske zurechtmachen mussten, kamen die drei Gründungsmitglieder stets bereits fertig „geschminkt" an den Ort der Veranstaltung. Dem einzig wahren Kobaltblau sei Dank!

Sina Blackwood

Titus Nervianus

„Aus dem Weg!"

Freya zuckte erschreckt zusammen. Es reichte schon, dass ihr Außenbordmotor streikte, da musste man sie nicht auch noch dumm anmachen. *„Wenn ich es nicht bald in den Griff bekomme, sollte ich die Küstenwache anrufen",* überlegte sie angesäuert, denn das Boot wurde immer weiter aufs Mittelmeer hinaus getragen und die Sonne ging langsam unter. *„Ach verdammt, ich rufe sofort an!"* Sie zog das Smartphone aus der Tasche, um im Internet die Nummer zu suchen. Der Akku war zwar voll, aber sie bekam kein Netz. Beim zehnten erfolglosen Versuch hockte Freya in ihrem Fischerkahn und zog die Nase hoch. *„Fehlt nur noch, dass ich losheule."* Sie fasste nach den Paddeln, die sie für den Notfall immer dabei hatte, und begann zu rudern. Die Küste war in der Ferne zu erkennen, irgendwann würden zudem in den Häusern die Lichter angehen und sie in der Dunkelheit leiten.

Eine halbe Stunde später begriff sie, dass sie dem Strand kein bisschen näher kam und sie der auffrischende Wind weiter abdrängte. Sie zog völlig geschockt die Ruder ein, um den Tränen nun doch freien Lauf zu lassen. Das Handy stellte sich noch immer tot, der Magen begann zu knurren und die nächtliche Kühle kroch in die dünne Kleidung. Schließlich gab sie alle Bemühungen auf, kauerte sich zusammen, um möglichst wenig Wärme abzugeben, und hoffte darauf, von einem Schiff gefunden zu werden. Erschöpft schlief sie ein.

Vom überlauten Schrei einer Möwe geweckt, kam die Erinnerung wieder. Das Tier saß auf der Bordwand über ihr und schien zu überlegen, wie man am besten ein Stück Fleisch aus der vermeintlichen Leiche hacken könne. Als Freya vorsichtig die Augen öffnete, stob der Vogel mit einem entsetzten Kreischen davon. Freya musste grinsen. Das fügte sich wieder mal komplett zu all dem Verrückten, das ihr ständig passierte. „Na schauen wir mal, wo wir sind", murmelte sie, sich aufrappelnd.

„Einen Steinwurf vom Strand entfernt", ertönte es hinter ihrem Rücken in leicht altertümlichem Italienisch.

„Huch!" Freya fuhr herum und lugte ins Wasser, wo ein gut aussehender, äußerst muskulöser Schwimmer ihr Boot vorwärts schob.

„Alles in Ordnung?", fragte er, auf ihren völlig irritierten Blick.

Freya nickte, ihn und die Umgebung mit großen Augen betrachtend. „Haben Sie mein Boot etwa mit purer Muskelkraft bis hierher gebracht?"

„Ja. Mir stand nichts anderes zu Verfügung", erklärte er leichthin.

Freya bedachte ihn mit einem Blick, der ihn hellauf lachen ließ.

„Teuerste, ich bin weder verrückt noch will ich Sie veralbern."

Freya erschrak. „Verzeihen Sie bitte", stammelte sie. „Ich habe Ihnen noch nicht einmal gedankt. Ich kann es nicht wirklich fassen, dass ich in Sicherheit bin. Seien Sie mir bitte, bitte nicht böse ..." Statt den Satz zu beenden, riss sie die Augen auf, schlug die Hände vor das Gesicht und hauchte: „Sie haben auf meine Gedanken geantwortet!"

„Das ist exakt", erwiderte der Fremde, den Kahn emsig weiterschiebend. „Ich bringe Sie da an den Strand, wo der kleine Überhang die Sicht von oben verbirgt. Es wäre nicht in meinem Interesse, entdeckt zu werden."

„Wer sind Sie?", staunte Freya.

„Mein Name ist Titus Nervianus."

„Angenehm, Freya Monti. Leben Sie hier, in Imperia?"

„Nicht in. Vor", schmunzelte Titus, ahnend, dass sie dies auf die Besiedlung auf dem Ufer beziehen werde. Da begann sie auch schon, die vielen kleinen Orte aufzuzählen, und Titus machte sich den Spaß, jedes Mal: „Nein. Nein. Nein", zu sagen. Er stoppte das Boot 50 Meter vor dem Strand. „Das letzte Stück müssen Sie allein zurücklegen."

„Ist, nicht entdeckt zu werden, der Grund, warum Sie das Boot geschoben haben, statt herein zu kommen und zu rudern?"

Titus grinste vergnügt. „Das könnte man als einen ernsthaften Grund anführen."

„Ich möchte Sie gern wiedersehen", sagten beide gleichzeitig und begannen, wegen dieser Tatsache herzlich zu lachen.

„Morgen bei Sonnenaufgang gleiche Stelle?", fragte Titus. „Also genau hier, nicht da draußen und auch nicht am Strand", fügte er rasch hinzu.

Freya spitzte die Lippen. „Sie meinen es offenbar ernst, im Wasser bleiben zu wollen."

Titus nickte. „Es geht nicht anders."

„Ich habe im Künstlerbezirk ein Häuschen direkt am Ufer. Wenn Sie dort aus dem Meer steigen, wird Sie keiner sehen", schlug Freya als geeigneteren Treffpunkt vor. „Sie können sogar Ihr Boot festmachen, ohne dass es andere merken werden."

Nach kurzem Überlegen sagte Titus: „Abgemacht. Ich werde pünktlich da sein. Ich freue mich auf Sie. Kommen Sie gut nach Hause. Bis morgen!"

Freya war mit einem Satz am Heck, denn Titus hatte sich einfach absinken lassen und tauchte auch nicht wieder auf. Sie begann sogar zu überlegen, ob sich alles nur in ihrer Fantasie zugetragen habe. Kopfschüttelnd nahm sie das Smartphone aus der Tasche, das volles Netz zeigte. Ehe sie allerdings eine Nummer wählte, versuchte sie noch einmal, den Motor anzulassen. Ohne Erfolg.

„Ach, was soll es", murmelte sie, sich in die Riemen legend, um den letzten Katzensprung zum Strand zu überwinden. Sie vertäute das Boot an einem Felsbrocken und rief den Servicepunkt des nahen Yachthafens an. Wenige

Minuten später nahte schon der Techniker mit dem passenden Ersatzteil.

Freya tuckerte nach Hause. „*Titus Nervianus*", rekapitulierte sie den Namen ihres Retters, falls sich alles tatsächlich zugetragen hatte. „*Hm, ist wahrscheinlich ein Künstlername, wenn auch ein besonders klangvoller, für einen wirklich gutaussehenden Mann. Den Muskeln nach, sicher ein Akrobat.*" Sie zog das alte Boot geschickt an den Liegeplatz, vertäute es, warf ihren Rucksack auf den Steg und kletterte über die kleine Leiter hinterher. Dann stand sie eine Weile, das herrlich azurblaue Meer betrachtend, das heute glatt wie ein frisch polierter Spiegel aussah. Am Horizont verschmolz es mit dem wolkenlosen Himmel, der makellos fast seidig wirkte und sich in völlig identischem Farbton präsentierte. „Phänomenal", flüsterte Freya, sich mühsam von diesem Anblick losreißend.

Im Haus suchte sie schnurstracks die Speisekammer auf. Sie hoffte inständig, ihren ungewöhnlichen Gast zu mehr als Frühstück mit Espresso bewegen zu können. „*Hoffentlich hat er nicht den Gemüsewahn, um kein Gramm Fett zu viel anzusetzen*", huschte es durch ihre Gedanken.

„*Ach was! Ich werde deutsches Essen kochen. Ein biss-chen gehaltvoller, als man es hier gewohnt ist, aber viel-leicht punkte ich damit am besten. Italienische Küche kann er schließlich jeden Tag haben. Es gibt panierte Schweineschnitzel mit Salzkartoffeln und in Butter geschwenktem Mischgemüse. Basta! Zum Nachtisch Pis-tazienpudding – nicht deutsch, aber lecker. Einen duf-tenden Kuchen werde ich auch noch backen ...*“

Freya begann zu lachen. „Oh Mann! Ich plane hier ein halbes Hochzeitsbankett, dabei will er vielleicht nur einen kleinen Schwatz halten!“

Dass ausgerechnet solch ein Prachtexemplar sagte, es wolle sie wiedersehen! Gleich darauf seufzte sie. „*Na hoffentlich ist er nicht so drauf wie Gaspare.*“ Mit jeder Stunde wuchs die Vorfreude, ihren geheimnisvollen Retter wiederzutreffen, was sich als deutliches Kribbeln im Bauch mani-festierte. Selbsterklärend, dass sie nachts nicht einmal schlafen konnte, und schon auf dem Steg stand, noch bevor die Sonne aufging, um Titus nicht eine einzige Sekunde warten zu lassen. Sie spähte aufmerksam umher und lauschte. Aus welcher Richtung mochte er wohl kommen?

Als der erste Lichtschimmer am Horizont zu erahnen war, plätscherte es direkt neben der Leiter. Freya drehte sie wie in Zeitlupe um.

„Guten Morgen!", wünschte Titus aus dem Wasser, wobei seine ungewöhnlich großen Augen wie Sterne funkelten.

„Guten Morgen! Sie sind doch nicht etwa bis hierher geschwommen?", staunte Freya.

Titus lächelte verschmitzt. „Aber natürlich."

„Gesundheitsfanatiker?", schmunzelte Freya. „Kommen Sie, ich habe uns Frühstück gemacht. Sie haben doch hoffentlich ein halbes Stündchen Zeit für mich?"

Diesmal seufzte Titus. „Zeit für Sie habe ich unendlich, wenn es rein danach geht."

„Aber?"

„Ich bin nicht der oder das, für den oder was Sie mich halten", erwiderte Titus leise, ohne Anstalten zu machen, aus dem Wasser zu steigen. „Wenn es Ihnen nicht zu viel Aufwand ist, das Frühstück hierher zu bringen, nehme ich gern Ihr Angebot an."

Freya musterte ihn verblüfft. „Ich werde nicht in Ohnmacht fallen, sollte es sich um einen körperlichen Makel handeln. Na, kommen Sie schon raus!"

„Körperlicher Makel", paraphrasierte Titus amüsiert. „Okay, ich komme raus. Auf Ihre Verantwortung. Dann werden Sie sogar ganz freiwillig das Frühstück hierher bringen. Oder aber schreiend davon rennen und sich im Haus verbarrikadieren." Er tauchte unter und katapultierte sich regelrecht auf den Steg neben sie.

„Oh ... mein ... Gott ..." Freyas Unterkiefer wanderte langsam Richtung Schuhspitzen. An den sehenswerten muskelbepackten Oberkörper schlossen sich gar keine Beine an! Statt diesen gab es einen türkis schillernden gigantischen Fischschwanz mit atemberaubender Flosse.

„Es war Ihr Wunsch und Wille", flüsterte Titus, weil er ihre Reaktionen nicht deuten konnte.

Freya nickte. „Können Sie eine Weile an Land überstehen? Ich würde Sie lieber mit ins Haus nehmen, statt hier draußen zu essen. Nicht, dass doch einer irgendwo mit dem Fernglas spannt!"

„Ich kann es. Nur, wie komme ich da hin?", fragte der Meermann.

Freya war es beim ersten Blick klar gewesen, dass er sich keinen dummen Scherz mit ihr erlaubte, auch wenn sie nicht fassen konnte, dass es solche Wesen wirklich gab. Innerhalb weniger Wimpernschläge hatte sie ihre Gedanken wieder im Griff. „Ich habe eine Idee! Damit kriege ich sie ganz sicher unverletzt ins Haus!"

Sie rannte los, polsterte die Karre der Gasflaschen mit einer flauschigen Decke und kam sofort zurück. „Ich lege es neben Sie, damit Sie sich bequem daraufwälzen können. Dann halten Sie sich oben am Griff fest und ich ziehe Sie vorsichtig ins Haus!"

„Ich glaube, wir sind beide ein bisschen verrückt, da passt das schon." Titus brachte sich in Position und Freya bugsierte ihn ins Haus, wo er den Relaxsessel mit tausend Verstellmöglichkeiten als Sitzgelegenheit erhielt.

„Sie bleiben erstaunlich gelassen", stellte er blinzelnd fest.

„Sie aber auch!", lachte Freya. „Ich erlebe ja laufend merkwürdige Sachen, doch unsere Bekanntschaft schlägt dem Fass voll den Boden ins Gesicht."

Titus stimmte in das Lachen ein. „Ich beobachte Sie schon seit ein paar Wochen", gab er schließlich zu. „Warum ist eine so hübsche Frau, wie Sie, immer allein unterwegs?"

„Oh je, das ist eine lange, verworrene Geschichte", stöhnte Freya, die Augen verdrehend.

„Erzählen Sie sie mir!", forderte Titus schmunzelnd.

„Na gut. Sie geben ja doch nicht eher Ruhe", murmelte Freya. „Ich habe vor zehn Jahren aus Deutschland nach Monaco eingeheiratet."

Titus machte eine überraschte Handbewegung, denn so einfach, wie das klang, war das nicht zu bewerkstelligen.

Freya nickte bekümmert, atmete tief durch und beschloss, ihm wirklich die ganze Wahrheit zu beichten. „Ich war auf einer Vernissage von einem jungen Banker angesprochen worden. Er hatte sich einschlägige Informationen besorgt und war auf die gleiche Frage, wie Sie, gestoßen: warum ich immer allein unterwegs bin. Er machte mir unverblümt das Angebot, mich in einer Scheinehe zu heiraten, was hieß, er werde mich mit allem unbehelligt lassen, ich müsse nur hin und wieder mit auf Verwandtenbesuch fahren. Natürlich bekäme ich lebenslang Unterhalt, damit das Ganze nicht aufffliege. Der springende Punkt war, dass sein Großvater bestimmt hatte, er bekäme dessen Millionenerbe nur, wenn er mit einer Frau verheiratet sei. Seine homosexuelle Neigung war in den Augen des Großvaters ein schwarzer Fleck auf der Familienehre und er glaubte, ihn anders polen zu können, indem ein gewisser Zwang hinter der ganzen Sache stand. Gaspare hatte versprochen, ich könne mir die Werkstatt nach Gutdünken in seiner Villa einrichten, ich hatte nichts zu verlieren und habe noch am selben Abend zugesagt. Ich habe also fünf Jahre die brave Ehefrau gespielt. Eben so lange, bis der Großvater gestorben war. Dann konnte Gaspare endlich die Scheidung einreichen. Wir einigten uns auf den Grund Kinderlosigkeit. Ich bekam eine recht ansehnliche Abfindung und dieses Grundstück mit Häuschen, das damals halb verfallen war. Ich habe mich sofort in diesen wundervollen Landstrich verliebt, und bin in Ligurien geblieben. Mein ziemlich breit gefächertes Kunsthandwerksprogramm machte die Sache einfach. Warum ich immer allein bin, ist schnell erklärt. Ich ziehe jegliche Sorte Tohuwabohu magisch an. Wie gestern gerade wieder. Ohne Sie wäre ich jetzt vielleicht sogar tot." Sie streichelte mit den Fingerspitzen Titus' Handrücken.

„Daran könnte ich mich gewöhnen", erklärte er, erfreut lächelnd.

„Ohhhh. Im Ernst?" Freya bekam sogar einen Hauch Farbe im Gesicht. „Wie wäre es, Du zu sagen?"

„Super! Du bist wirklich ungewöhnlich und ich bin sicher, dass mein Geheimnis bei dir in guten Händen ist", strahlte der Meermann. „Ich bin so eine Art Ureinwohner. Mein Name Nervianus stammt daher, dass ich im Nerviadelta geboren bin. Damals, als noch alle Schiffe aus Holz waren und von Sklaven gerudert wurden. Die Römer hatten gerade begonnen, ganz Ligurien mit einem Netz von gepflasterten Straßen zu durchziehen ..."

„Du bist über 2000 Jahre alt?", hauchte Freya ungläubig erschreckt.

Titus zuckte mit den Schultern. „Ich habe die Jahre nicht gezählt. Ich weiß nur, dass ich viele, viele Generationen Menschen habe kommen und gehen sehen. Seit ich dich das erste Mal erspäht habe, ist alles anders. Neugier, ist aufgewacht. Ich habe so viele Fragen, die nach Antworten schreien, und möchte in deiner Nähe sein und dich vor allen Gefahren des Meeres beschützen. So war ich gestern da, als du wirklich Hilfe brauchtest. Und weil du keins von den hysterisch kreischenden Weibern bist, wenn es brenzlich wird, hatte ich beschlossen, mich dir zu offenbaren. Vielleicht können wir da draußen ja ein bisschen was zusammen unternehmen?"

„Oh ja! Das wäre super!", jubelte Freya. „Ich wüsste sogar, wie ich dir ein Stück von meiner Welt zeigen könnte, ohne dass jemand merkt, dass du kein Mensch bist."

Titus lächelte vergnügt. „Ich freue mich darauf."

„Auf eine fantastische Zeit!" Freya hob ihre Kaffeetasse und Titus besiegelte es in gleicher Weise.

Udo Rupp

Jan Marten – Blau ist das Meer

Es war die Zeit, als Fürst Otto von Bismarck Preußen stark gemacht hatte, und alle Welt von Preußen sprach, wenn man Deutschland meinte.

In dieser Zeit wuchs in Norddeutschland ein Junge auf, den man Jan Marten nannte. Er träumte davon, zur See zu fahren, wie Vater und Großvater vor ihm, nur noch weiter. Sansibar, Papua-Neuguinea, Samoa – das alles wollte er sehen, mit eigenen Augen.

„Du nicht", sagte die Mutter. „Mein Vater ist auf See geblieben und dein Vater, mein Mann. Drei meiner Söhne sind verschollen, deine Brüder. Du bist der Einzige, der mir blieb. Du bleibst an Land."

Jan Marten schwieg. Für sich dachte er: *„Und ich fahre doch zur See."*

Die Zeit verging. An einem milden Tag im Vorfrühling lief Jan durch die Gassen am Hafen. Der Wind brachte salzigen Geschmack auf seine Lippen. Salzig, aber lau. Bald ist Frühling. Wie das Wetter wohl jetzt in Spanien ist?

Die Mary-Ann hatte festgemacht. Ein Zweimaster, klein und wendig aber stabil und seetüchtig für die große Fahrt. Ladung wurde gelöscht und Proviant und Trinkwasser an Bord genommen. Kommandos ertönten über das Deck.

Jan stand wie gebannt. Er sah zu und träumte. Ja das wäre es, da jetzt an Bord und mitfahren, einfach weg.

„Geh aus dem Weg Junge. Steh hier nicht rum." Die Worte des Schauermanns holten ihn aus seinen Träumen. Er ging zur Seite, wollte die Männer nicht behindern.

Zu Hause angekommen, war er in Gedanken immer noch auf der Mary-Ann.

„Was ist, Junge, träumst du wieder?", fragte die Mutter.

„Am Kai liegt die Mary-Ann. Ich könnte mitfahren. Morgen Früh läuft sie aus."

„Bleib hier, Junge. Soll ich dich wirklich auch noch verlieren?"

„So ist das Seemannslos, Mutter. Es ist ja nicht für ewig."

Dann schwiegen beide.

Abends konnte Jan nicht einschlafen. Er wälzte sich im Bett hin und her. Wann, wenn nicht jetzt, dachte er. Er zog sich wieder an. Gepäck. Was nehme ich sonst noch mit? Ein zweites Hemd, und ein Paar Unterwäsche, das muss genügen. Er vertraute darauf, dass man ihm an Bord geben würde, was er sonst noch benötigte. *„Die wissen am besten, was ich gebrauchen kann."*

Um Mitternacht war er am Kai. Es war eine besonders dunkle Nacht. Kein Mond, keine Sterne. Selbst der Name des Schiffes war nicht zu erkennen.

„Egal", sagte er zu sich. Das Schiff ohne Namen fährt morgen hinaus.

Auch eine Bordwache war nicht zu sehen. Am Schott zum Mannschaftslogis am Vorschiff funzelte eine kleine Laterne. Davon hielt er sich fern. Er wollte nicht gleich eine Absage riskieren. Er stolperte über das Deck bis zum Beiboot. Dort lag ein Segeltuch. Es war relativ trocken. Jan kroch darunter. Das Segeltuch schützte ihn vor der Kälte und der Feuchtigkeit der Nacht.

Obwohl sehr aufgeregt, musste er wohl doch eingeschlafen sein. Die Kommandos des Bootsmannes holten ihn aus dem Schlaf. Er bemerkte ein leichtes Schlingern und Schaukeln. Das Schiff befand sich schon auf offener See. Sollte er tatsächlich das Auslaufen verschlafen haben?

Er nahm allen Mut zusammen und kroch unter der Persenning hervor. Geblendet vom Licht des Morgens, stand er plötzlich vor dem Bootsmann.

Überrascht rief dieser: „Wer bist du denn?!" Bevor Jan etwas sagen konnte, griff er ihn am Arm und brachte ihn zum Steuermann.

„Hier, Steuermann, wir haben einen blinden Passagier an Bord!"

„Blind, aha. Passagier, aha. Na hoffentlich kann er die Passage bezahlen. Wer sind Sie und was machen Sie hier?"

Leicht stotternd erklärte Jan, dass er an Bord bleiben möchte, und jede Arbeit mache, wie man sie von ihm verlange.

„Das erzählen Sie mal dem Kapitän", sagte der Steuermann und brachte Jan zum Alten.

Der Kapitän fragte nicht viel und redete noch weniger. Aber er sagte: „Du darfst bleiben."

Zu jener Zeit waren die Gefängnisse in Frankreich überfüllt. Frauenmörder, Taschendiebe, Straßenräuber, Deserteure, entlaufene Soldaten der Armee Kaiser Napoleons, des Dritten, entwaffnete Kommunarden der Pariser Kommune – alle wurden dichtgedrängt in die Gefängnisse gepfercht. Hunderte auf einem Flur. Tausende in einem Block. Bei Wasser und Brot.

Der Regierung blieb nur eine Lösung: Man musste die Gefangenen in die Kolonien deportieren. Nach Französisch-Guayana, Cayenne, dorthin, wo der Pfeffer wächst. Aber von dort gab es kein Zurück.

Das wussten die Gefangenen. In einem Gefängnis in der Nähe von St. Malo brach dann auch ein Aufstand aus. Die Wärter schlugen zurück. Böse Menschen schlugen auf noch bösere ein, prügelten, stachen, schossen sie nieder. Wer das überlebte, musste über Leichen gehen, musste die eigenen Kameraden niedertreten, nur so konnte man oben bleiben.

Einige blieben oben. Ihnen gelang die Flucht. Es waren wohl auch Seeleute unter ihnen. Im Hafen von St. Malo kaperten sie ein Schiff. Und da sie nirgends an Land gehen konnten, lebten sie von dem, was sie beim Aufbringen anderer Schiffe raubten.

Verflucht waren sie. Von der Welt geächtet, von Gott nicht gekannt, fuhren sie über die Meere. Nur mit dem Teufel verbündet. Sie hissten keine Flagge, aber fuhren mit blutroten Segeln. So gaben sie sich zu erkennen.

Jeder friedliche Seemann änderte lieber den Kurs, als dass er Berührung mit den roten Piraten bekäme. Und so war es dann auch. Die Mary-Ann hatte gut geladen und war auf großer Fahrt nach Lüderitz in Südwest-Afrika.

In der Nähe von Madeira rief der Matrose im Ausguck: „Schiff voraus! Zwei Strich Steuerbord!"

Der Steuermann griff zum Fernglas. „Verflucht, verdammt nochmal. Rote Segel. Das gibt Ärger."

Die Mary-Ann war ein wendiges Schiff, aber sie war zu schwer beladen. An Flucht, war nicht zu denken.

Der Kapitän kam an Deck, sah durch das Glas. „Ja, wir kreuzen genau ihren Kurs. Verdammt nochmal, wenn wir doch Kanonen geladen hätten, und nicht Rumbuddels und Schmierseife!"

„Schmierseife und Rumbuddels, das ist doch gut. Das ist besser, als Kanonen", sagte Jan Marten.

„Was erzählst du denn da für'n dummes Zeug? Besser als Kanonen. Willst du die Seeräuber besoffen machen und mit Seife abreiben?", fragte der Bootsmann.

„Na ja, nun passt mal auf: Jeder von uns nimmt sich eine Pütz, einen Eimer, mit Schmierseife und dann pönen wir das ganze Deck mit Seife ein, von vorn bis achtern. Danach hauen wir die Rumbuddels kaputt und verteilen die Scherben übers Deck."

„Ach, schade um den schönen Rum", meinte der Bootsmann.

„Die Idee ist gut. Genauso machen wir das", befahl der Kapitän.

Gesagt, getan. Als das Deck voll Seife geschmiert und die Scherben verteilt waren, versteckten sich Kapitän und Besatzung, mit Hölzern und Tauenden bewaffnet, in Kajüten und Laderäumen. Der Segelmacher hatte in aller Kürze noch Schilder festgemacht: Attention! Deck is slippery, when wet.

Die Piraten, nur dürftig bekleidet und ohne Schuhe, beachteten auch die Warnschilder nicht.

Als die Seeräuber nun enterten, rutschten sie barfüßig über die Schmierseife in die Scherben.

Sie glitten aus und setzten sich mit dem Hintern ebenfalls in die hinein.

Als die Ersten aufzustehen versuchten, wurden sie von den nachfolgend Stürzenden, wieder in die Scherben gestoßen.

„Aua, aua, aua!"

Dieses hilflose Gerangel mag einige Zeit gedauert haben und war für die Seeräuber eigentlich schon Qual genug. Nun aber ging es erst richtig los.

Der Kapitän der Mary-Ann rief: „Los, Jungs, gebt ihnen Saures!"

Seine Mannschaft war mit Ölzeug und Seestiefeln bekleidet und hatte einen viel besseren Stand. Sie hieb mit Spieren und Tauenden auf die Seeräuber ein.

Die hatten längst ihre Waffen verloren und ließen sich wimmernd über Bord fallen.

Das war ein Fest für Kapitän und Besatzung der Mary-Ann. Als Schmiere und Scherben von Deck gespült waren, gab es Rum für alle.

Denn als die Buddels zerschlagen wurden, ging der Inhalt nicht verloren. Der pfiffige Jan Marten hatte den Bootsmann überzeugt, ihn in Eichenfässern aufzufangen, und alle prosteten ihm nun vergnügt zu.

Silke Weizel

Blaues Blut

Du glaubst wirklich - Du hast blaues Blut!

Du bist so viel besser als alle.
Dein Haus ist das schönste im Ort und
Dein Auto ist das lauteste in der Straße.
Deine Uhr ist die teuerste und
Dein Anzug ist der blauschimmerndste.

Aber das alles zählt gar nichts im Leben.

Die liebevolle Hütte im Wald, in der es so lecker
duftet, ist viel schöner als Dein Haus.
Das Kinderlachen auf dem Bobbycar, klingt viel
herzlicher als Dein Auto.
Das Wechselspiel von Sonne und Mond ist viel
romantischer als Deine Uhr und die bloße Haut
aneinandergeschmiegt fühlt sich besser an als
der feinste Zwirn.

Und Du glaubst wirklich - Du hast blaues Blut.

Arno Zirm

Zu viel Unendlichkeit

Mist verdammter! Seit ich da drüben raus bin, juckt's am ganzen Körper. Obwohl - ist eher ein Prickeln. Jucken kenn ich von meiner Allergie. Nee, prickeln, das trifft's. Und meine Klamotten - wie eingelaufen. Zerr ich aber dran rum - keine Probleme. Selbst wenn ich das Zeug 'ne Handbreit vom Bauch weg zieh' - immer noch eng. Aber was kann da noch eng sein?

Muss mir in dem verkeimten Bau irgendwas eingefangen haben. Sieht sowieso schon ulkig aus, das Teil. Wie die Zeichnung Das-ist-das-Haus-vom-Ni-ko-laus. Genauso. Bloß mit zwei Fenstern. Und 'ner Tür, klar. Wo ich grad raus bin.

Vorhin, wo ich rein bin, war mir der Schmuddel egal. Weil, die Denkmalschützer schützen, außer sich selbst, ja auch alles, was Moos auf sich duldet. Okay, hab ich gedacht. Also bin ich gleich bis hinter, wo 'ne Tür auf war. Ulkiger Flur. War mindestens doppelt so lang wie das Haus von außen. Na egal.

Hinter der Tür war'n Zimmer. Klar doch. Irre Bude. Meine Mama hätte ... aber die Weiber kriegen ja nicht so leicht 'n Schlaganfall. Aber gekreischt hätt'se. Und nicht zu knapp. Sah aus, wie unser Kneipensaal, wenn die Gruftis Mutantenstadl gespielt haben. Oben 'ne Menge modrige Gardinenfetzen mit getrockneten Viechern dran. So Frösche eben und Fledermäuse und Schlangen. Paar Pilze noch und Grünzeug. Na ja, eher Braunzeug jetzt. Auf'm Fußboden Stroh. Und trockene Knochen. Mitten drin ein Tisch und zwei Stühle. So richtig aus Holz. Was auf dem hinteren saß, sah auch aus wie Holz. Vorne der war frei.

Vielleicht wenn ich mich da nicht hingesetzt hätte, dann brauchte ich mich nicht kratzen hier draußen. Oh, Mann, heiße Tipps von Kumpels. Super, jetzt prickelt's. Für 150 Piepen. Die würd' ich jetzt noch mal hinblättern für'n Entprickler oder sowas. Was musste ich auch auf die Typen hören: „Nee, nee, die Alte is fähig. Die hat's drauf, eh! Frach Kalle! For fuffzich mal rascheln hatse dem die Pickel wegjepustet. Kiek'n dir an, siehta nich aus wie der Gott Akropolis?"

Nee, ich glaub nicht an Zauberei und so'n Zeug. Aber dass manche Sachen funktionieren, wo verdammich keiner weiß, wie, da kannste nicht vorbei. Auch nicht die Eierköppe. Bin ich eben hin zu der Alten. Fand's sogar toll, dass in meinem Kaff sowas haust.

Da saß also das verwitterte Model. Ja, na klar sah sie aus wie 'ne Hexe. War okay so, das Outfit. Gibt's nichts weiter zu beschreiben. Außer vielleicht, dass sie exakt und genau keinen Kater auf der Schulter hatte. Auch keine Eule oder sonst was. Aber verdammt knochige Finger hatte sie. Schätze, die war'n hundert Jahre älter als der übrige Body. Damit hat sie auf den Stuhl gezeigt. Also vorne den. Muss ein Magnet drin gewesen sein, ich bin auch gleich draufgeplumpst. Ich Blödmann. Dann hat sie 'ne Schachtel aufgemacht. So mit 'ner Mini-Fernbedienung. Denk ich mal. Angefasst hat sie das Ding jedenfalls nicht. Toller Trick. Da hat sie dann, klar, musste ja kommen, 'ne Glaskugel rausgeholt. Und 'nen glühenden Steinkopf. Ziemliche Infrarotstrahlung. Ohne Standfuß und hat trotzdem überm Tisch geschwebt. Na ja, ist aber nicht so wichtig. Magnete eben oder sowas. Der andere Krempel war viel interessanter. So Spielkarten, wo man eine durch die andere stecken konnte. Da haben die leise geschrien, wie manchmal nachts die junge Frau aus der Nachbarwohnung. Mein Papa sagt dann immer „Oha, schon wieder eine Nachtlieferung Schuhe".

Tja, den Steinkopf hat's bestimmt nicht gekribbelt. Aber mich jetzt, hier draußen. Wenn das so weitergeht, muss ich zum Hautarzt. Aber wenn einen da die Kumpels seh'n! „Hey, haste schon gehört, unseren Professer hat's erwischt. Am Pimmel. Würde der sonst dahin ..."

Bla bla. Versuch mal, hinterher so'n Gerücht wegzuputzen.

Jetzt brauch mich auch nicht gerade einer seh'n, wie ich da rüber gucke auf das Haus von der Alten. Tuten mir sonst bloß die Ohren voll: „Hat's geklappt? Und haste schon probiert?" Hab ich natürlich nicht. Bin ja grad erst raus. Hat ganz schön gedauert, der ganze Zirkus. Aber so Leute, alt wie Steinkohle, die haben's nicht so mit Speed.

Klar dass ihre erste Frage war, ob ich genug Knete dabei habe. Ok, hab ich. Nee, hatte ich. Jetzt nicht mehr. Scheiße, mit der Doppel-Nightwish ist es erstmal nichts. Blöd, dass die Alte gesehen hat, dass ich schwer genug war.

Muss mir was anderes zulegen für meine Knete. Nicht so zum Reingucken.

Dann hat sie geschnarzt, was ich von ihr will, wo ich doch jung und gesund bin. Starker Spruch eh. Der Ton kam auch gut rüber. Ist ja 'ne Hexe, völlig ok so. Hab ihr dann erzählt, wo's kokelt. Die hat ja hundertpro keinen Draht zu meinen Alten. Da kann man ja ruhig mal was gucken lassen. Dass ich's mit Büchern habe. Und mit ausprobieren von Sachen, die die Leute dann eher nicht so lustig finden. Aber die Kumpels. Die finden's voll krass und staunen, dass man aus Wörtern was basteln kann. Die Alte hat da 'nen richtigen Blick gekriegt, als ich das erzählt habe. Nicht so wie aus der Gruft. Na, vielleicht hat sie auch mal gebastelt, wo sie noch gelebt hat.

Hauptproblem: Die Weiber finden das nicht so toll. Die lässt das eher kalt. Ich bin eben nicht Kalle, der, sogar wo er noch Pickel hatte, jede Käte zum Brett machen konnte. Einfach so durch anknurren. Jetzt ohne Pickel erst recht. Oder der schöne Berti. Der würde meinen Taschentresor als Lederlappen zum Motorradputzen nehmen. Ohne vorher reinzuseh'n, ob was drin ist. Hat er nicht nötig. Kann sich Nierenwärmer kaufen, wenn er sie braucht, jeden Tag 'ne andere Haarfarbe.

Klar, ich darf auch mal naschen, auf Parties und so. Bin ja nicht unbeliebt. Aber eben der Professor. So seh ich auch aus. Nüscht für die Weiber.

Die ganze Zeit, wo ich das erzählt habe, hat sie vor sich hingebrabbelt, die Alte. Dabei hat sie durch ihre Kugel auf den Steinkopf geguckt. Und der zurück, sah jedenfalls irgendwie so aus. Ist auch auf dem Tisch rumgewandert, das Ding. Ein schöner Quatsch!

Eine Viertelstunde hab ich bloß dagesessen. Öde. Aber die Kemenate ist größer geworden. Nee, zu seh'n war nichts, wegen dem Lappengelumps, was überall rumhing. Bloß, dass ihr Geleier plötzlich mit Echo war. Und ein Echo gibts erst ab 34 Meter. Mit mir keine Tricks!

Dann hat sie mich angebläkt: „So, das Weibliche hat es dem jungen Herrn angetan! Mädchen verführen die Hülle und Fülle! Ach, ach, ach, ich kenn Euch alle! Na schön, nur zu! Du sollst haben, was du haben willst! Her mit dem Geld, was Besseres hast du ja sowieso nicht!"

Möchte bloß wissen, was die Besseres kennt. Irgend so'n Spruch hab ich auch abgelassen, und dass ich hoffentlich auch was geboten kriege dafür. Und ob sie mit den paar Werkzeugen auf'm Tisch was runtergeladen kriegt ohne Break, hab ich dann noch nachgeschoben. Und ob sie die Weiber kennt, also was die heutzutage so haben wollen, ehe sie einen an sich ranlassen. Und ob das auch klar geht, dass ich von den Kerlen keine gescheuert kriegen kann, wenn ich ihnen die Mädels jetzt abstaube. Aber da ist sie dann ausgerastet. Irgendwas hatte sie mächtig in Brast gebracht, vielleicht kann sie keine Computer ab. Oder keine Zweifel, ob sie fähig ist.

Ihre Buchte ist dann noch größer geworden. Wärmer auch. Bestimmt der blöde Kopf. Und ihre Stimme klang wie Mickymaus, aber verdammt nicht so lustig. Nee, verdammt nicht.

„Wird's bald? Her damit! Alles! Und dann wirst du schon sehen, was die Alte kann!"

Und ich schütte meine ganze Knete hin, ich Knallkopp. Jetzt kann ich zuseh'n, wie ich bis zum nächsten Papaquetschen hinkomme. Was gegen das Kribbeln kann ich mir auch nicht leisten. Werd' nachher in der Hausapotheke stöbern, aber ich weiß schon jetzt, dass ich mir 'nen brauchbaren Fund abschmatzen kann. Mensch, was ist das bloß! Vielleicht sollte ich mir von den letzten Coins ein paar Eistüten holen und mir auf die Pelle schmieren. Aber so richtig ran komm ich an die gar nicht. Ist da schon was drauf? Sieht aus wie ein Millimeter Abstand oder zwei. Lässt meine Finger nicht so richtig ran an den Body. Aber zu seh'n ist nichts. Mensch, ein Glück auch, dass das nicht grün ist.

Das Geschrei dann! „Ein Marsmensch, ein Marsmensch!" Und die Terraner würden von Tomaten bis Granaten alles an mir ausprobieren. Denk ich mal. Nach so viel zusammengeklitterten SF-Filmen wissen die ja, was zu tun ist.

Moment mal! Die Alte hat doch was gezwitschert, als der Tisch brannte! Klar, erstmal 'ne Menge Zeug mit 'ner Menge A's und R's drin. Hörte sich ulkig an, wo doch ihre Stimme immer piepsiger wurde. Na ja, nee, ulkig nicht. Nicht wirklich ulkig. Und der Steinkopf hat sich geärgert. Hab ich genau gemerkt. Irgendwie.

Aber dann: „Ha ha, nimm sie dir nur, die Mädchen. Jetzt kannst du sie alle haben. Es kann sie dir keiner streitig machen. Sollen sie's doch versuchen. Sie werden sich die Finger brechen! Das wolltest du doch? Mädchen? Ja? Jetzt kannst du! Nur zu! Was wirst du nun mit ihnen anfangen?"

Gute Frage. Diese komische Schicht auf mir, soll die mich vielleicht schützen? Na schön, aber komm ich jetzt überhaupt ran, an die Weiber und die an mich? Na ja, werd ich erstmal lostrampeln, ehe mich wer sieht hier. Und ausprobieren. Aber dein Haus soll dir überm Kopf zusammenfallen, alte Krähe, wenn du mir was angehext hast, was ich gar nicht wollte.

Äh ... was geht denn nu los? Die ihr Haus ...

Fällt zusammen, das Ding ...

Neeee ...

Mensch, die ist doch noch da drin! Klar, wo sonst! Aber ...

So hab ich das doch nicht gemeint! Och neeee ...

War ich das? Quatsch, geht ja nicht, ich bin ja hier. Also nicht da drüben. Ufff ...

Komisch, wie zusammenfallen ist das gar nicht. Das Ding verdunstet! Und alles zieht's irgendwo nach innen. Ein Glück auch. Wenn sich der Mief ausbreiten würde, oh, Mann! Priezelt langsam runter, bis zum Fundament. Termiten?

Aber von oben? Nee, kann nicht sein. Gäbe auch nicht diesen komischen Dunst. Und die fressen auch nicht so gleichmäßig runter.

Hey, da ist sie ja, die Alte. Also ihr Kopf erstmal. Sitzt in ihren verwinkelten Wänden wie einem vergammelten Labyrinth. Na bloß gut, dass sie alles heil ...

Jetzt hat sie mich gesehen! Winkt irgendwie. Oder? Was ...

Aaaahh ...

Is die blöde? Die hat was auf mich geworfen! Nee, gestrahlt. Nee, gespritzt. Ach, scheißegal.

Aber ich bin in Ordnung. Beine? Sind da. Arme? Da. Kopf? Quatsch, ist ja klar! Ist alles zurückgeprallt. Oder gespiegelt. Auf den Steinkopf. Cool. Hat sie Pech gehabt, die Zicke. Wo ist sie ...

Die ist weg! Da, wo sie eben war, ist ein Loch in der Erde. Ja klar. In der Erde. Das Haus ist jetzt nämlich weg. Bis auf den Steinkopf. Der ist da, wo ungefähr der Tisch war. Aber drüber! Also in der Luft irgendwie. Tolles Ding. Und wütend. Noch mehr, als vorhin. Wieso wütend? Woher weiß ich das?

Oh, Mann, da drüben, da geht's weiter! Rechts und links die Häuser, nee, die Wände! Wie Wasser! Fließen einfach runter. Is ja'n Ding! Wasserfall. Ja, so sieht's aus. Und dann sprühen sie hoch über das Loch und rein. Sieht super aus! Jetzt kann man in die Häuser reingucken. Ulkig!

Ganz schön Pech gehabt, die Leute. Der Teufel auf den Trümmern kichert - hoffentlich allianzversichert. Wer da wohnt, wo sich mächtige Leute in die Haare kriegen, kann schon mal in die Kacke treten. Sollte rechtzeitig wegziehen, solange die sich noch abknutschen. Aber wie komm ich auf Teufel? Na ja, der Steinkopf sah irgendwie so aus. Ist jetzt größer geworden.

Größer? Tatsächlich! Und kugelrund! Aber das war doch ein Steinkopf! Nee, kann wohl doch kein Stein gewesen sein. Jetzt dreht sich das Ding. Bloß weg hier! Mist, wo ist die Straße?

Äh ... die Straße! Ist weg! Und das dreht sich immer noch! Ich muss ...

Es sah alles sehr ordentlich aus. Nach Vollendung der ersten Umdrehung war die Materie in einem Kreis von achtzehn Metern in einen grauen Nebel verwandelt, der zum

Kompressionspunkt floss. Bei der nächsten Umdrehung war dann besser zu erkennen, dass sich der Kreis kontinuierlich ausweitete. Auch in die Tiefe. Die Präzision ließ darauf schließen, dass der durch Überreaktion ausgelöste Prozess stabil und unumkehrbar war. Die besondere Ästhetik des Vorgangs wurde nun auch nicht mehr durch die Geräusche der mitgerissenen Luft gestört. Die Schallgeschwindigkeit war überschritten. Für die Bewohner des Planeten war dies jedoch von geringer Bedeutung. Eben so wenig, wie die Frage nach der Bewohnbarkeit weiterer Planeten im Universum.

Iris Fritzsche

Der himmelblaue
Trabant

„Azzurro" – das erinnert mich an ein Lied aus meiner Jugendzeit. Muss so in den 70er – 80er Jahren gewesen sein. Ein beschwingter sommerlicher Schlager, den ich auch öfters mitgeträllert habe. „Azzuro heißt blau", hieß es darin. Und dann gab es noch den Schlager „Ein himmelblauer Trabant". Der ist in meiner Erinnerung sogar mit einer ganzen Geschichte verknüpft, die ich hier gern erzählen möchte:

Dieses Lied und die bald darauf fällige Abholung unseres eigenen langersehnten Fahrzeugs hingen eng zusammen. Es war üblich, in einem Verkaufsbüro ein Vorgespräch vor der Fahrzeugauslieferung zu führen. Dabei wurden verschiedene Details, die in diesem Zusammenhang zu klären waren, angesprochen. Unter anderem durften wir sogar einen Farbwunsch äußern.

Klar, dass unser Trabant auch himmelblau, wie der im Lied, sein sollte. Wenig später bekamen wir eine Karte mit der Mitteilung, dass wir unseren Trabant im Auslieferungslager abholen können.

Da dieses Auslieferungslager aber mehr als 40 Kilometer von unserem Wohnort entfernt lag, bot uns mein Schwiegervater an, uns mit seinem Auto dorthin zu bringen.

Da mein Mann arbeiten musste, fuhr ich mit ihm allein. Die Strecke war lang genug für Belehrungen, Hinweise und noch vieles mehr. Nur gut, dass er nach der Ankunft nicht auch noch mit ins Abholbüro kommen wollte!

Im Büro waren noch einige Papiere zu unterschreiben. Und ich entschloss mich, auch gleich eine Kaskoversicherung abzuschließen. Das sollte sich sehr bald als positiv erweisen.

Dann saß ich zum ersten Mal in einem eigenen Auto, wirklich einem himmelblauen Trabant. Gemeinsam fuhren wir vom Hof Richtung Heimat. Ich vorneweg und Schwiegervater hinterher.

Inzwischen war es schon Nachmittag und so erwartete mein Mann uns am Haus der Schwiegereltern. Natürlich wurde das neue Auto ausführlich inspiziert. Alles war toll und begeisterte die Männer. Nur die Sache mit der Kaskoversicherung hätte ihrer Meinung nach noch später Zeit gehabt.

Weil er aber mit dem Fahrrad gekommen war, musste er auch nach Hause radeln. Und ich lenkte das neue Auto heimwärts.

Auch die nächsten drei Tage hatte ich das Auto für mich allein. Dann kam der Sonntag. Besuch bei den Schwiegereltern stand auf dem Programm, mit Auto! Der Hinweg war meine Strecke. Nach dem Kaffee sah mein Mann mich mit treuen Augen an.

„Auf dem Heimweg fahre aber ich!", sagte er mit vollem Mund.

Na ja, offiziell gehörte es ja uns beiden. Da konnte ich schlecht nein sagen. Hätte ich es mal getan!

Nach der halben Strecke kam eine Kreuzung. Es machte „BUMM", und ehe wir uns versahen, flogen wir förmlich quer über die Kreuzung und landeten im Gebüsch. Ein Wartburg hatte uns die Vorfahrt genommen. Was dem kleinen Trabbi gar nicht gut bekam. Er trat bereits nach drei Tagen seinen letzten Weg auf einem Abschlepper an.

Doch es gab ein Happy End! Da ich ja trotz allseitiger männlicher Proteste bereits beim Kauf eine Kasko-Versicherung abgeschlossen hatte, erhielten wir schon ein halbes Jahr später einen neuen Trabant. Leider war er nicht komplett himmelblau. Dafür gab es keine Proteste von meinem Mann beim Versicherungsabschluss.

Eines habe ich aber später festgestellt. Es muss ein geheimes Informationsnetz unter den Fahrzeugen geben. Keines der Autos konnte meinen Mann so recht leiden. Deshalb hatte er mehrfach technische Probleme, die bei mir nie auftraten.

Sina Blackwood

Crazy blue

Der Strudel des ablaufenden Wassers in der Badewanne wechselte seine Farbe im Sekundentakt, wobei die Farbe Blau in unzähligen Schattierungen überwog. Bram riss ungläubig die Augen auf, hatte er doch einen orangefarbenen Badezusatz verwendet. Er beugte sich tief hinunter, um das Phänomen genau betrachten zu können. Da rannen auch schon die letzten Tropfen in das Ablaufrohr.

Dachte jedenfalls Bram. Ein gurgelndes Geräusch erklang, dann machte es blubb und ein Geysir aus lauwarmer blauer Flüssigkeit klatschte ihm ins Gesicht, verteilte sich an den Wänden der Badewanne und ergab einen bildhaften Effekt, welcher der Küstenlinie um Monaco verblüffend ähnlichsah.

Bram staunte mit offenem Mund, strich sich mit der Hand über die Augen, blinzelte und stellte fest, dass er nicht träumte. Dann griff er ganz mechanisch zum Brauseschlauch, worauf ein leises Lachen aus dem Abfluss erklang. Ehe Bram dazu kam, den Wasserhahn zu öffnen, verschwand das mysteriöse Gemälde, oder was auch immer es sein mochte, spurlos.

„Das letzte Bier muss schlecht gewesen sein", murmelte er, den Duschkopf des Schlauches wieder in die Halterung steckend.

Schon am nächsten Morgen hatte er den Spuk vergessen. Zudem war Montag und der typische chaotische Wochenstart auf der Baustelle nahm ihn gefangen. Weil er täglich in der Firma duschte, ehe er den Heimweg antrat, begnügte er sich zu Hause mit Körperpflege am Waschbecken. Freitagmittag fiel der Hammer und Bram zog, wie an jedem Wochenende, mit Kumpels in seine Stammkneipe, gleich um die Ecke. Wie immer, trank er mindestens zwei Gläser Bier zu viel und seine Freunde hatten Mühe, ihn halbwegs sicher bis vor seine Haustür zu bringen. In seiner Wohnung angekommen, fiel er meist gleich mit Klamotten ins Bett und schlief seinen Rausch aus.

Samstagmorgens ekelte er sich regelmäßig vor sich selbst, ließ Badewasser ein, um sich langsam wieder zu entspannen.

Irgendwo in seinen grauen Zellen regte sich plötzlich eine Erinnerung. Nicht Genaues, nur eine vage Gedankensequenz, die mit dem orangefarbenen Badezusatz verknüpft sein musste und einen merkwürdigen Beigeschmack hatte. Gezielt griff Bram nach einem Fichten-nadel-bad, das er direkt ins Wasser unter dem Hahn tropfen ließ und wo er sich dann wie ein Kind freute, als ganze Schaumberge die Wanne fast einen halben Meter hoch bedeckten. Zufrieden ließ er sich in die weiße Pracht gleiten, schloss selig die Augen und döste vor sich hin, bis sein Magen lautstark Nahrung forderte.

Also stieg er aus der Wanne, trocknete sich ab, zog bequeme Kleidung über und zog erst dann den Stöpsel. Sofort spülte er mit breitem Brause-strahl den Schaum zusammen.

Das Wasser lief ab. Merkwürdiges Gluckern begleitete die letzten Tropfen, was Bram die ganze Erinnerung zurückbrachte. Er prallte zurück. Gerade noch rechtzeitig, um nicht von der fast meterhohen Fontaine getroffen zu wer-den, die Old Faithful im Yellowstone-National-park zur Ehre gereicht hätte. Es zischte, es dampfte, gelbliche Brühe schwappte durch die Wanne und bildete den kochenden Kessel des Geysirs mit allen Details nach.

„Wow!" Bram äugte durch die gespreizten Fin-ger beide Hände, welche er vor das Gesicht geschlagen hatte. „Das ist crazy!", krächzte er mit belegter Stimme. Diesmal verkniff er sich den Griff zum Duschschlauch. Allerdings zuckte er heftig zusammen, als die Reste mit schwarzblauen Blubberblasen im Ablauf verschwanden und gleichzeitig schrilles Gelächter einsetzte: „Du hast mich gerufen! Crazy! Ja, ich bin crazy! Crazy Blue!"

Bram machte auf dem Absatz kehrt, schlug die Badtür hinter sich zu und zündete mit zitternden Fingern eine Zigarette an. Das Wort crazy war ihm einfach so herausgerutscht, weil das, was in seiner Wanne passierte, ganz einfach crazy war. Als er den Stummel im Aschenbecher ausdrückte, plagte ihn die Neugier, sodass er zum Bad zurückschlich, vorsichtig und beinahe lautlos die Tür öffnete, auf Zehenspitzen zur Wanne huschte und argwöhnisch hinein äugte. Nichts. Er trat näher. Alles blieb ruhig. Ja, er klopfte schließlich sogar mit dem Knöchel des gekrümmten Zeigefingers an die Wanne, ohne eine Reaktion hervorzurufen.

„Scheiß Sauferei", brummte er vor sich hin, als er sich dem Frühstück widmete.

Das irre Spiel ging nun Wochenende für Wochenende, wobei Bram immer mutiger wurde und irgendwann schlagartig kapierte, dass es einen Zusammenhang zwischen den Saufgelagen und dem Wannenzauber geben musste, denn das Phänomen trat nur auf, wenn er sturzbetrunken gewesen war. Inzwischen hatte er auch herausgefunden, dass Crazy Blue ein Dämon war, der, ganz nach Wunschgedanken seines Gegenübers, perfekte Illusionen erzeugen konnte. Nicht einmal die Tatsache, einen Dämon im Haus zu haben, störte Bram. Im Gegenteil! Er genoss dessen magische Wunder mit jedem Mal mehr.

Also soff er sich zu Testzwecken auch manchmal mitten in der Woche einen gewaltigen Rausch an, um die grandiosen Bilder auf dem Acryl seiner Wanne bewundern zu können, die schließlich sogar eine Art Videosequenz darstellten und Bram ein Gefühl von Urlaub und Unabhängigkeit vermittelten. Dass die dämonische Lache hinterher immer lauter und hämischer erklang, merkte er nicht. Nach einem Vierteljahr gab es das erste Mal Ärger mit dem Chef, weil Bram mit einer weithin wehenden Alkoholfahne zum Dienst erschien. Er wurde nach Hause geschickt. Doch, statt auszunüchtern, öffnete er die nächste Flasche, legte sich in die Wanne und ließ sich einen weißen Palmenstrand in der Karibik zaubern, nebst drei heißen Girls, die ihn mit allem verwöhnten, was sein Herz begehrte. Es dauerte auch nur wenige Tage, bis Bram fristlos entlassen wurde und fast gar nicht mehr aus dem Haus ging. Stattdessen hockte er in der Wanne und führte endloses Palaver mit Crazy Blue, der spürte, sein Opfer sicher am Haken zu haben. Die letzten Freunde hatten sich inzwischen von Bram abgewandt, weil sie merkten, dass er keine Vernunft annehmen wollte und stattdessen vehement versuchte, sie mit seinem Mitbewohner Crazy bekannt zu machen.

„Ich halte mich raus", wehrte sogar der Obdachlose ab, der hin und wieder eine Flasche Klaren mit Bram geleert hatte. „Hab keinen Bock, Ärger mit den Bullen zu kriegen. Du siehst doch ganz so aus, als ob dir dein Kumpel Drogen vertickt." Dabei ließe er den rechten Zeigefinger neben seiner Schläfe kreisen, um anzudeuten, dass Bram offensichtlich einen gewaltigen Riss in der Schüssel hatte.

„Dann verrecke doch unter deiner Brücke!",
hatte Bram mit schwerer Zunge gelallt, noch
einen Schluck genommen und war auf allen vie-
ren die Treppe zu seiner Wohnung im dritten
Stock hinaufgekrochen, wo er sich gleich in voller Montur in die Wanne wälzte.

Crazy Blue erschien, und diesmal wörtlich,
kaum dass die ersten Tropfen aus dem Hahn
quollen. Er quetschte seinen Oberkörper aus
dem Ablauf, wie der blaue Dschinn aus Aladins
Wunderlampe, stemmte beide Ellenbogen auf,
legte seinen gehörnten Kopf in die Hände,
betrachtete mit spöttischem Blick Bram und
kicherte.

Bram hielt ihm die Flasche Fusel hin. „Komm,
Bruder, trink einen mit!"

„Geht nicht, bin im Dienst", bekam er zur
Antwort.

„Im was???" Bram riss die Augen auf. „Was
machst'n du?"

„Bin heute als Fremdenführer unterwegs. Soll
einen Menschen sicher in unsere Welt geleiten",
feixte Crazy. „Wäre furchtbar, wenn er sich ver-
liefe."

„Heißt das, du dampfst gleich wieder ab und ich schiebe Langeweile?"

„Scheint so." Crazy wand sich mit einer drehenden Bewegung ganz aus dem Rohr und hockte sich auf den Wannenrand. „Hab echt keine Zeit! Bis demnächst!"

Bram sprang auf. „Was soll'n das jetzt?! Bin ich dem feinen Herrn nicht mehr gut genug?" Er wollte Crazy folgen, der Richtung Küche verschwunden war. Dabei rutschte er in der Wanne aus, schlug einen Salto und knallte mit solchem Schwung mit dem Kopf auf die Fliesen vor der Wanne, dass es ihm den Schädel spaltete. Im Bruchteil eines Wimpernschlags war Crazy Blue zur Stelle, begutachtete die verkrümmte Leiche in ihrem Blut und meinte lakonisch: „Oh ha, rote Brühe hatten wir noch gar nicht. Steht dir aber gut. Na, wenigstens hab ich meinen Auftrag erfüllt, dich sicher in meine Welt zu bringen." Dann sprang er kopfüber in den Abfluss, um nach neuen Opfern auszuspähen.

Lenard James Cropley

Türkis

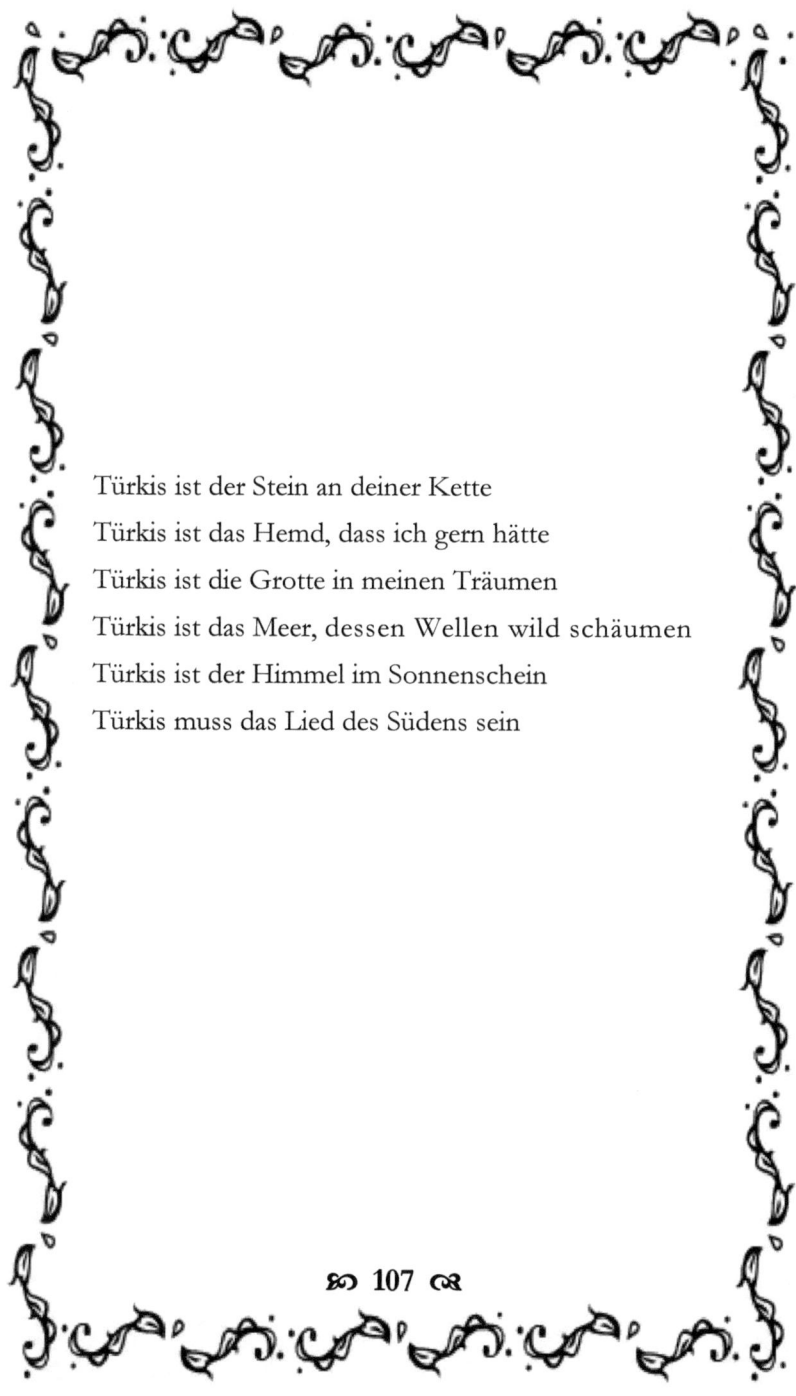

Türkis ist der Stein an deiner Kette

Türkis ist das Hemd, dass ich gern hätte

Türkis ist die Grotte in meinen Träumen

Türkis ist das Meer, dessen Wellen wild schäumen

Türkis ist der Himmel im Sonnenschein

Türkis muss das Lied des Südens sein

Iris Fritzsche

Vegane Party

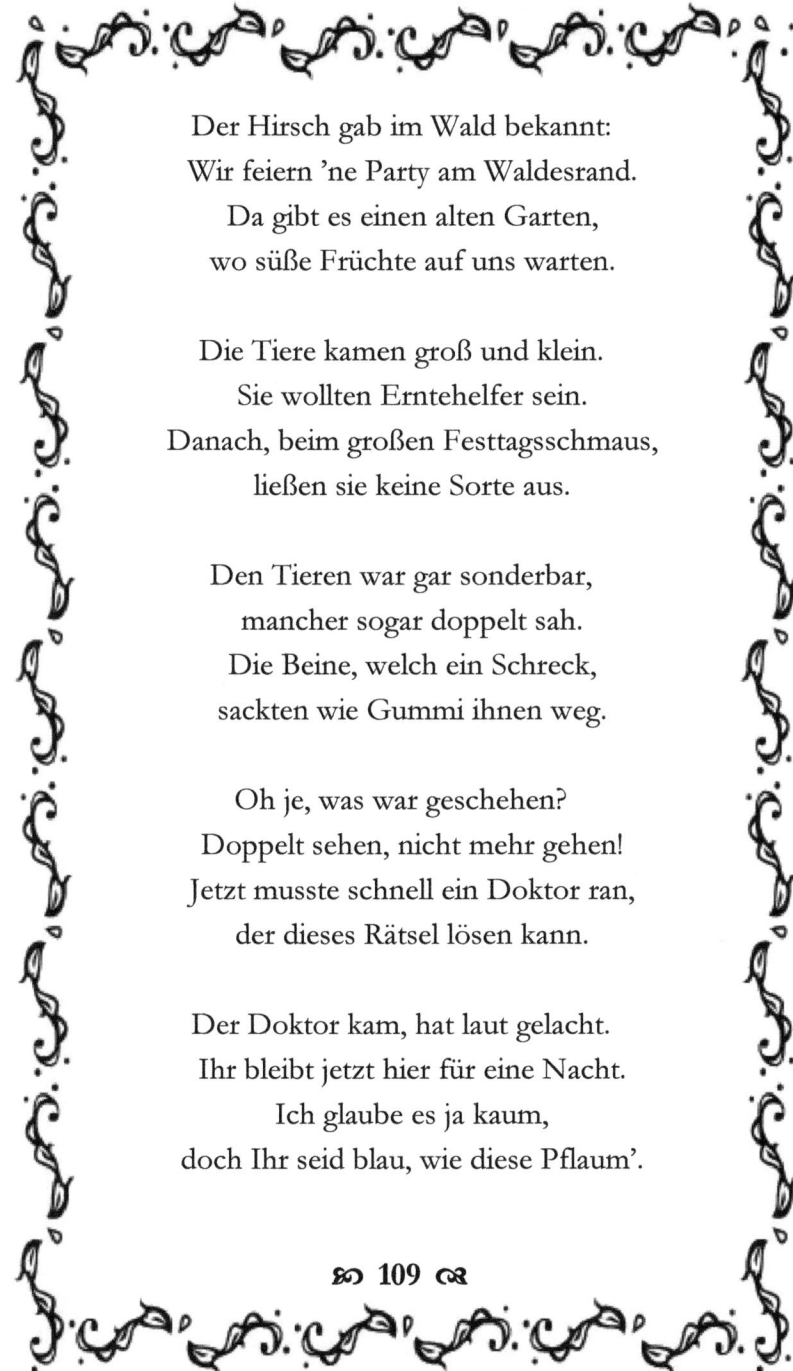

Der Hirsch gab im Wald bekannt:
Wir feiern 'ne Party am Waldesrand.
Da gibt es einen alten Garten,
wo süße Früchte auf uns warten.

Die Tiere kamen groß und klein.
Sie wollten Erntehelfer sein.
Danach, beim großen Festtagsschmaus,
ließen sie keine Sorte aus.

Den Tieren war gar sonderbar,
mancher sogar doppelt sah.
Die Beine, welch ein Schreck,
sackten wie Gummi ihnen weg.

Oh je, was war geschehen?
Doppelt sehen, nicht mehr gehen!
Jetzt musste schnell ein Doktor ran,
der dieses Rätsel lösen kann.

Der Doktor kam, hat laut gelacht.
Ihr bleibt jetzt hier für eine Nacht.
Ich glaube es ja kaum,
doch Ihr seid blau, wie diese Pflaum'.

Sina Blackwood

Drama in drei Akten

Als die Blaubeere im Curaçao badete, ahnte sie nicht, dass andere dieser Verbindung wegen ein blaues Wunder erleben würden.

Die noch recht grünen Halbstarken im Blaumann kippten sich blauäugig vier Gläser hinter die Binde, waren sofort blau und machten das am nächsten Tag auch, wobei sie als Grund glatt das Blaue vom Himmel logen.

(Dabei hatten ihnen ihre Mütter immer wieder eingebläut, sich zu benehmen.)

Das Ende vom Lied: Blaue Briefe.

Miriam Prasnik

Blaues Wunder

Träumerisch steht ein Mädchen an seinem offenen Zimmerfenster. Es ist Mitternacht. Mit funkelnden Augen blickt es in den sternenklaren Himmel. Da! Eine Sternschnuppe! Und noch eine! Begeistert atmet es tief ein und beginnt, flüsternd zu singen:

„Wunder wunderschönes Zelt,
ich schau hinauf zu dir! Immerzu bist du bei mir.

Leuchtend hell und weise,
schleichst dich abends in mein Herz, ganz leise.

Eine, zwei dann drei,
Sternenschnuppen fliegen an mir vorbei!
Ich fühl' mich unendlich frei."

Herzhaft gähnt sie und ihre Augen werden immer schwerer und schwerer, bis sie müde zufallen und sie in einen tiefen Schlaf sinkt.

Zarte Klänge, klare frische Luft, Wärme auf der Haut, ein würzig-süßer Geruch steigt in ihre Nase. Überrascht öffnet das Mädchen seine großen blauen Augen.

Wo bin ich, fragt es sich und bemerkt mit einem Kribbeln im Bauch: In *meinem Zimmer nicht, das steht felsenfest!*

Sie blickt zu ihren kleinen Füßen hinab und entdeckt, dass sie mit ihren dunkelblauen Pantoffeln auf dichtem weichem Moos steht.

Dann bemerkt sie etwas sehr Merkwürdiges. Sie kann nicht anders, als zweimal hinzusehen!

Das Moos ist blau! Blau?

Verwundert und begeistert zugleich, lässt sie ihren Blick neugierig umherschweifen. Ein geheimnisvoller Zauber liegt in der Luft. Sie spürt, riecht, hört und sieht ihn. Hier stehen Bäume, überall. Bäume, die sie noch nie zuvor in ihrem Leben gesehen hat. Häuserhohe, mäusekleine, verschnörkelte und ... blaue Bäume? Wie ist das möglich?

Winzige, gefächerte, kunstvoll, bemusterte und wundervolle Blumen! Auch riesige viereckige, runde, spitze, löchrige Pilze wachsen dicht an dicht im Erdboden.

Ein magisches Schauspiel. Vorsichtig berührt sie ein weiß-blaues Blütenblatt, welches ihr linkes Ohr kitzelt. Es fühlt sich samtweich an, ihre Finger beginnen zu kribbeln und sie kichert.

Mit einem Mal stellt sie fest: Wirklich alles, was sie umgibt, ist blau!

Wie funktioniert dieser Trick, fragt sich das Mädchen.

Ist hier etwa Zauberei im Spiel? Träumt sie? Tauchen gleich die Zauberschüler Harry Potter, Ron Weasley und Hermine Granger auf und nehmen sie mit ins Schloss Hogwarts?

Dann, als wäre es das Tüpfelchen auf dem I, flüstert ein glockenhelles Stimmchen: „Sei gegrüßt Menschenkind. Es ist eine Wohltat, dich hier zu sehen. Du hast den Weg zu uns gefunden. Ich heiße dich von ganzem Herzen willkommen im ‚Blauen Wunder‘.“

Ihre Augen werden noch größer. Woher stammt diese liebliche Stimme? Das kann nicht sein. Sie schüttelt sich einmal kräftig und kneift dreimal fest in ihren rechten Arm.

„Autsch, das hat weh getan! Ich schlafe nicht?“

Seltsam, merkwürdig und einfach unglaublich! Staunend legt das Mädchen den Kopf in den Nacken und lässt seinen Blick durch das strahlend satte Blau über sich schweifen.

Mutig gibt es sich einen Ruck und findet seine Stimme wieder: „Wo bist du und wo bin ich?“

„Du bist im ‚Blauen Wunder'. In einem Reich, das darauf wartet, entdeckt und bestaunt zu werden, Schätze und Geheimnisse verbirgt, das dich Abenteuer erleben, dich berühren und mehr zu dir selbst finden lässt. Dein Name lautet Prinzessin Blue. Er bedeutet Wahrheit. Du hast uns ein Lied gesungen. Es ist unser Lied und wir haben dich wahrgenommen. Du gehörst hierher, ins blaue Land der unendlichen Fantasie, magischer Rätsel und übersinnlicher Fähigkeiten.

Dieses darfst du dein Zuhause nennen. Hier herrscht der Frieden, hier wohnen die Liebe und die Freiheit."

Das Mädchen schluckt kräftig. Sie ist eine richtige Prinzessin? Wie kann das sein? Wer ist bloß diese Stimme, die vom Himmel aus zu ihr spricht?

Soll sie ihre Bestimmung annehmen oder davonlaufen? Wie ist das Leben als Prinzessin? Was sind ihre Aufgaben? Wer ist „wir" und was ist das für ein Ort? Wohin ihr Weg sie führen mag?

„Möchte ich das herausfinden?", flüstert sie.

Eine entscheidende Frage liegt ihr auf der Zunge und kann es kaum erwarten, ausgesprochen zu werden: „Darf meine Familie auch hier leben?"

„Natürlich ist es ihnen gestattet. Ob Raupe, Esel, Huhn, Schwein, Katze, Maus, Kuh, Löwe oder Mensch, ihr seid alle erwünscht. Ihr geschätzten Wunder der blauen Erde werdet gebraucht."

Gebannt lauscht das Mädchen der melodischen Stimme des Himmels. Sie klingt sanft, mitfühlend, ihr so bekannt und doch so fremd. Auf eine Weise berührt sie ihre Seele, wie sie es noch niemals zuvor gespürt hat.

„Wann werden wir uns begegnen?"

„Sehr bald und ich freue mich schon jetzt auf unser Zusammentreffen Prinzessin Blue."

Lächelnd schließt sie ihre glänzenden Augen, voller Vorfreude auf das, was sie erwartet, was sie erleben und sehen würde, wer sie sein wird und ganz wichtig, welches Kleid sie tragen wird! Um sich zu beruhigen, und nicht völlig durchzudrehen, atmet sie tief ein und langsam wieder aus. Stille.

Am nächsten Morgen, da war etwas anders.

Plötzlich erinnert sich das Mädchen an seinen Traum! Er war wundersam, verzaubernd, eigenartig und hat es unendlich glücklich gemacht. Dort war alles so blau, eine Stimme, ein Zauber lag in der Luft, eine Prinzessin ...

Elegant schwingt sie ihre Beine aus dem Bett und schlüpft in ihre blauen weichen Pantoffeln. Dabei bemerkt sie etwas Sonderbares. Spielten ihr ihre Sinne einen Streich? An einem ihrer Schuhe, da haftet blaues Moos!

Ein verschmitztes Lächeln huscht über ihre Lippen, ihre Augen schimmern, ihr Herz klopft laut und sie vollführt einen Freudentanz durch ihr blau-weiß eingerichtetes Zimmer.

Es war kein Traum ...

Sina Blackwood

Glücksmomente

Blau, tiefazurblau, so strahlend und geheimnis-
voll, wie ich es nie zuvor gesehen habe.
Deckungsgleich gefärbter Himmel, wolkenlos,
den Horizont mit seiner Magie irgendwo im
Nirgendwo verschwinden lassend.

Côte d'Azur - Costa Azzurra – azurblaue Küste.

Ich bevorzuge die italienische Bezeichnung. Das
R rollt wie die Wellen, die auf den Strand laufen,
wenn Wind aufkommt.
Weiße Schaumkronen wetteifern mit schnittigen
Booten. Weiße Segel, wohin das Auge schaut.
Tiefgrün neben mir, spitzstachlig, Blüten
umflort, wachsend zwischen grauem, schroffem
Stein in unzähligen Formen – die Schätze des
Kakteengartens von Monaco.

Erinnerungen vom letzten Besuch blitzen auf.
Der gleiche wolkenlose Himmel, die gleiche Blü-
tenpracht, die gleiche Sehnsucht nach mehr von
diesem Meer.

Ich werde wiederkommen, denn aller guten
Dinge sind drei.

Matthias Albrecht

Blaue Vielfalt

Blau steht für Harmonie und Frieden
Und für die Freiheit, die wir lieben.
Im All erstrahlt die Erde blau,
Das weiß seit Langem man genau.

Möchte ein Maler Grün im Nu,
Mischt er zum Gelb stets Blau hinzu.
Blau ist der Himmel über Bayern
Und mancher ist blau nach dem Feiern.

Ging auf der Arbeit vieles schief,
Bekam man oft den „Blauen Brief".
Muss tuckern man bei Tag und Nacht –
Schwupps – wird da schon mal Blaugemacht.

Sackt mal der Blutdruck zu schnell runter,
Erlebt man dann sein „Blaues Wunder".
Das Veilchen ist ein Blümlein klein –
Am Auge wird es keinen freu'n.

Das „Blaue Band" dem schnellsten Schiff,
Sofern es nicht lief auf ein Riff!
Ein Schlager heißt: „Blau ist die Nacht".
Wer hätte das von uns gedacht?

Die Show „Zum Blauen Bock" lief lange,
War dreißig Jahre voll im Gange.
Heinz Schenk trank da nur Apfelsaft,
Denn Äppelwoi nahm ihm die Kraft.

Yves Klein malte fast nur in Blau,
Damit nahm er es sehr genau.
Und in New York erklang als Clou
George Gershwins „Rhapsody in Blue".

J. Goldstein – deutscher Philosoph –
Auch er machte dem Blau den Hof;
Widmete ihm ein Buch sogar,
Das lange Zeit Bestseller war.

Nun aber Schluss – jetzt ist es gut;
Mir wird ganz bläulich schon zumut.
Ich schließ die Augen, schlafe ein
Und träum, ich würd ein Schlumpf nun sein …

Lenard James Cropley

Heißer Sommer

Stille ringsumher.
Stumm steht die Nacht.
In grauem Blau sind
Schattenbäume
festgewachsen
am Horizont.
Alles wartet, dass
Blitz und Donner
sich erheben, um
das Schweigen
zu brechen.
Sie werden
die Lüfte reinigen
und sich dann
allmählich
zurückziehen,
bis irgendwann
wieder alles
in Ehrfurcht erstarrt.

Sina Blackwood

Das wahre Blau

Mario, seines Zeichens begnadeter Natur-Foto-graf, schwärmt für die Farbe Blau, in all ihren Nuancen. Klar bringt ihn seine Leidenschaft des Öfteren in Teufels Küche. Aber bisher hatte er stets den Ausgang gefunden, auch wenn es manchmal mehr als nur knapp war. Mario braucht den Kick, auch wenn seine Großmutter schon prophezeit hatte: „Dir wird deine Toll-kühnheit irgendwann das Genick brechen!"

„Dann sterbe ich wenigstens für mein Blau", hatte Mario grinsend geantwortet. „Ihr könnt mich ja in einem blauen Sarg bestatten oder gleich ohne in einem Blue Hole versenken."

Das erste Mal, an das er sich bewusst erinnerte, der Faszination dieser Farbe erlegen zu sein, war, als er sich eine Handvoll Neonsalmler in einem Fünf-Liter-Gurkenglas hielt. 1969, da war er sieben Jahre alt und das bewusste Glas stand in Großmutters Zimmer, weil ihm die Eltern ganz sicher ein Aquarium verboten hätten. Er saß stundenlang wie gebannt vor dem gebogen-nen Glas, das die Umrisse der Tiere seltsam ver-zerrte, ohne das funkelnde Hellblau des schma-len Seitenstreifens zu beeinträchtigen. Ein Blau, wie von Diamantstaub übersät.

Internet gab es noch lange nicht. Aber Bücher. Bücher, in denen über Zierfische oder Expeditionen in ferne Länder berichtet wurde, mit Bildern versehen, die Meere, Seen und Himmelsblau über unendlichen Wüsten zeigten. Dinge, die Mario, aus Sachsen, wohl niemals mit eigenen Augen bestaunen werde. Wer zu weit über den Tellerrand schaute, wurde mit einer saftigen Kopfnuss zurückgetrieben, wenn nicht gar Schlimmeres. Und so träumte Mario in seiner begrenzten Welt vom Reisen, schaffte sich vom mühsam gesparten Taschengeld eine Kamera an, um wenigstens das spektakulärste Blau, das ihm begegnete, festhalten zu können. 36 Bilder pro Filmrolle von Agfa Wolfen in oft mangelhafter Qualität, wenn bei der Entwicklung gehunzt wurde. Obwohl die Fotos irgendwann verblassten, blieb in seinem Kopf die Erinnerung so strahlend wie das Original.

Als sich eines Tages die politischen Verhältnisse änderten, war Mario einer der ersten, der jeden Pfennig für Reisen ausgab und sein Foto-Hobby sofort zum Beruf machte. Er begann, selbst Bücher über seine Erlebnisse zu schreiben und somit gezielt zu recherchieren.

Blau – wie der Himmel über unseren Köpfen. Mario lernte Fallschirmspringen, später Wingsuit fliegen. Dass die Ausrüstung, inklusive Rettungsfallschirm, mehrere tausend Euro kostete, störte ihn nicht. Mit der Dashcam auf dem Helm stürzte er sich von Felsenklüften oder Gebäuden. Seine Aufnahmen waren immer spektakulär und dokumentierten hin und wieder, wie schnell ein Leben enden kann, wenn Windböen oder Unvernunft ins Spiel kommen.

Blau – wie der tiefe Ozean. Mario machte den Tauchschein, besorgte sich eine Unterwasserkamera und schwelgte verzückt zwischen blauen Seesternen, Garnelen, Schnecken und Tintenfischen. Sogar ein Blauwal kam ihm vor die Linse. Von der Faszination der Weiten von Trockenem aus betrachtet, ganz zu schweigen. Bei Wind und Wetter war er im Einsatz, um von zartpastell bis schwarzblau alle Schattierungen von Himmel und Wasser zu dokumentieren.

Blau – wie das Gefieder eines Pfaus. Mario arbeitete ein paar Wochen in einem Zoo, um den seltensten Vögeln nah zu sein und sich zu informieren, bevor er durch die Urwälder und Steppen zog und fast märchenhaft aussehende

Tiere filmte. Ob Hyazinth-Aras, Fächertauben, Indigofinken oder Kasuare, ihm entging gar kein Tier, das auch nur einen Funken blau am Leib hatte. Die Blaue Ornament Vogelspinne und die Blaue Viper hatte es ihm besonders angetan. Wobei er dem Angriff der Schlange nur mit absolutem Glück entkam, denn die biss in den dicken Lederstiefel, wenige Millimeter unterhalb der Stelle, wo die nackte Haut begann.

Hatte er vor der Wende für Postkarten von der Ostsee oder aus dem Harz fotografiert, ließ er nun Kalender und Bildbände über die schönsten Winkel und Geschöpfe der Welt verlegen. Themengebunden oder querfeldein, sein Name galt etwas auf dem Markt der Besonderheiten.

Wenn einer etwas über Kandinskys Blaue Phase wusste, dann er. Wenn einer über die Kunst der Altvorderen, Bauwerke mit Lapislazuli oder blauen Fliesen zu schmücken, Bescheid wusste, dann er. Es gab wohl keine alte Moschee und keine Ausgrabungsstätte, die er nicht besucht hätte, um dem wahren Blau auf die Spur zu kommen.

Blau – wie eben auch die wundervollsten Mineralien. Von Edelsteinschleifern, Mineralogen und einer Bergwerksgesellschaft eingeladen, lichtete er ab, was die Erde an Wundern tief versteckt hielt, die ihn nun schwärmen ließen. Aquamarine, blaue Diamanten, Apatit, Feinschliffe von Fluoriten, Turmalinen und Opalen unterm Mikroskop, die fast magisch wirkten. Er nahm sogar an Erkundungen in Bergwerksstollen teil, um selbst Edelsteine zu entdecken. Und sein Blick für das Blau ließ ihn immer fündig werden.

Ein Paraiba-Turmalin war schließlich der Auslöser, Gletscherseen und die Pole zu besuchen. Nicht etwa, weil es den ungewöhnlich hellblauen Stein dort gäbe, sondern weil die Farbe einiger Eisberge mit diesem vollwertig konkurrieren konnte, wie Mario von den Fotos anderer wusste.

Auf dem See Jökulsárlón, einem der bekanntesten und größten Gletscherseen in Island, beobachtete er, wie ein fast überirdisch blau strahlender Eisberg kippte und sich um seine horizontale Achse drehte. Mario schaute sich das Video immer wieder an und wurde regelrecht süchtig danach, blaue Eisberge zu suchen. Seine Fotos wurden mit jedem Mal grandioser, atemberaubender.

Und eines Tages war er mit seinem Touren-Guide, der ein genauso verrückter Hund war, wie Mario, dichter an einem Gletscher, als sie hätten sein dürfen, weil Mario das funkelnde Blau aus nähester Nähe filmen wollte. Ohne Vorwarnung, ohne jegliches, verräterisches Geräusch bis direkt zum Bruch, kalbte der Gletscher. Gigantische Eismassen brachen ab, krachten ins Meer. Das kleine Boot wurde von der Flutwelle umgeworfen und Tonnen strahlend blauen Eises begruben es. Trümmer des Bootes wurden Monate später an die Ufer der nächsten Insel gespült. Es tauchten ein paar Touristenvideos auf, von einem Schiff, von dem aus man das Kalben ebenfalls beobachtet, und das Unglück gemeldet hatte.

Die Männer blieben verschollen, als habe es sie nie gegeben. Marios Tod war genau so spektakulär wie sein Leben. Nun ruht er für immer inmitten seines geliebten Blaus in einer schier unendlichen Weite.

Weitere Anthologien
der Geschichtenzauber Edition:

Hrsg.
Sina Blackwood

ROT

höllisch gut